JN117742

宮島だいすき！
MBA社労士の
つれづれ日記

著 田宮 憲明 安達 巧

ふくろう出版

はしがき

　本書は、世界遺産・厳島神社がある宮島（厳島）が大好きな社会保険労務士（通称：社労士）の徒然日記です。日本三景の一つに数えられる宮島は広島県廿日市市に在ります。2023 年 5 月には、広島市で開催された主要先進 7 ヶ国首脳会議(G7 広島サミット)に合わせて G7 の首脳が揃って訪れました。

　私は、廿日市市役所の職員であると同時にビジネススクール（経営専門職大学院）で学ぶ学生です。「堅そう」ですよね…。でも、私は 50 歳を過ぎた普通のオジサンです。本書では、ときに労務や経営の内容も出てきますが、読者の皆様が肩の力を抜いて楽しめることを意識して書いています。本書を読まれた読者の皆様が、宮島の面白さを知り、宮島を好きになって頂けたら本当に嬉しく思います。

　なお、本書公刊に際し、ビジネススクールで私が受講した「組織マネジメントとコンプライアンス」をご担当の安達巧教授から授業資料の一部（「コンプライアンス経営＆労働法制」（改編））を特別に寄稿して頂きました。企業等のマネジメント層のみならず、労働者の立場でも、良質な労働環境を築くうえで労働法の知識は不可欠だと思います。読者の皆様の一助になれば幸いです。

2023 年 5 月

田宮憲明

目　　次

はしがき

第１部　宮島だいすき！
　　　　ＭＢＡ社労士のつれづれ日記

第 1 章　　日 常 編

1 日 目

令 和 5 年 1 月 29 日 （ 日 ）

『 ご 縁 』

今日「人とのご縁は大切だ」と考えさせられた一日となった。

私を可愛がってくれた叔母が昨日亡くなり、告別式に行ってきた。

お坊さんのお経を聞きながら、叔母の遺影を前に思い出を振り返る。

私は家族との関係が決して良好とは言えず、叔母は悩みを相談すればいつも親身になって話を聞き、アドバイスをくれた。

話を聞いてもらうと、自然と帰りの道は心が軽くなったのを覚えている。

その叔母はもうこの世にいない。

失って初めて、叔母の存在の大きさを思い知った。

日ごろ付き合う周りの人たちも、意識しないだけできっと大きい存在。

今の私があるのも、多くの人とのご縁によって支えられている。

ビジネスの世界でも「人、物、金、情報」とよく言われる。

社労士がビジネスとして扱う分野は「人」であり、人とのご縁を大切にしなければならない職業だ。

最後に叔母が教えてくれたこと。

人とのご縁を大切にしなさい・・。

今日一日、叔母が私に自分を振り返る貴重な時間をくれたことに感謝したい。

本当に今までありがとう。

2　日　目

令 和 5 年 1 月 30 日 （ 月 ）

『 働 き 方 』

今日、同僚がコロナの濃厚接触者となり、在宅勤務をすることになった。

本当に「働き方が変わってきたんだな」と感じる。

今ではリモート会議も当たり前になり、世界の人とも繋がることができるようになった。

固定電話からスマホ、インターネットといったデジタル時代が到来し便利になったが、50代の私は時代についていくのも一苦労だ。

30年前、私は東京で大学生活を送っていた時、京王線を利用して通学した。

当時、私が利用した路線は一駅だけの区間のため、通勤ラッシュというのはあまり経験したことがなかった。

その路線が発車するホームから上り線新宿方面のホームを見ると、通勤時間帯はサラリーマンで溢れかえっている。

列車が来て、乗車するとたちまちギュウギュウ詰めになり、車窓に女性が顔を押し付けられる。

そんな光景を何度も見た。

会社に行くのに頑張って、また仕事でも頑張って・・。

本当にサラリーマンって大変だ。

その時から私は「東京ではなく、広島で就職をしたいな」と思い、今に至る。

社会が変われば、社労士の業務も変わっていく。

次の30年後の働き方はどうなっているのだろう?

もしかしたら、地球だけでなく宇宙にも職場があることが「普通」になるかも知れない・・。

３　日　目

令 和 ５ 年 １ 月 ３１ 日 （ 火 ）

『空き家問題を考える』

今日、地域の皆さんと会合を持った。

テーマは「空き家問題を考える」だ。

ニュースでもよく耳にする人口減少。

このテーマは全国的な問題でもあるようだ。

私が仕事で関わるこの地域は有名な観光地で、コロナ禍で減少した観光客も徐々に回復し、インバウンドも戻りつつある。

観光客は来るが、地域の人口流出も続く。

本当に難しい問題だ。

これまで地域の人たちは何度も会合を持った。

「若い人たちに移住・定住してもらえるにはどうしたらいいか」を必死に考えてきた。

この問題がやっかいなのは「これが正解だ」というマニュアルがない。

自分たちで考えるしかない。

地域によって事情が違うからだ。

今日もみんなでテーブルを囲み、たくさんのアイデアを出し合う。

出し合ったアイデアをさらに議論する。

地域の人たちの表情は真剣だ。

あっという間に時間は過ぎ、会合はお開きとなった。

これからも地域の奮闘が続く。

コロナ禍で冷え込んだ観光地が元気になれば、雇用や産業も生まれる。

さあ、社労士の出番だ。

４　日　目

令 和 5 年 2 月 1 日 （ 水 ）

『コンビニスイーツ』

今日、ようやく１０年に一度の寒波が去りつつあり、朝の寒さも一段落した気がする。

私は起床して、朝ごはんを食べて、職場に向かうまでにルーティンでやっていることがある。

それは、コンビニで昼ごはんを買うことだ。

私は、たいていおにぎり２個と決めていて、コンビニに入って買うまでに時間はかからない。

今日も、おにぎり２個を持ってレジに向かう。

でも、今日は違った。

レジ前でふと立ち止まる。

この時期のコンビニは、バレンタインデーを控え、棚に多くのチョコレートが置いてあるのだが、私が立ち止まった理由はそれではない。

スイーツコーナーにいちごのロールケーキが置いてある。

ポップには「期間限定」。

期間限定、この言葉の誘惑はすごい。

いちごのロールケーキも一人でも食べきれる量になっていて、いちごとクリーム、スポンジの断面が実に綺麗だ。

私は誘惑に負けて、ルーティンは崩れた。

今日の昼ごはんはちょっと豪華。

おにぎり２個に、いちごのロールケーキが加わった。

コンビニは便利な２４時間営業。

本当に現代社会に必要な存在だ。

5　日　目

令和5年2月2日（木）

『宅配便のドライバーさん』

今日、宅配便のドライバーさんに大変お世話になった。

一つは、Amazonに注文した本を届けてくれた。

今は本屋に行かなくても、クリック一つで手元に届く。

こんなシステムを考えた人はすごいと思う。

もう一つは、仕事で出張するため私の着替えや書類を滞在先に送ってもらった。

持ち込んだ荷物を配送センターで、ドライバーさんが荷受けや荷さばきを素早く対応する。

私が配送手続きに戸惑っていると、笑顔で懇切丁寧に教えてくれた。

本当に気持ちのいい対応だ。

以前、運送会社のドライバーさんは激務で体力、気力をすり減らして働くイメージがあった。

ニュースでドライバーさんの長時間勤務は疲労にも繋がり、事故が大きく報道されることもあった。

最近、社会の見方や働き方改革により、会社はコンプライアンスを遵守し、ドライバーさんを大切にする。

会社の取組は、ドライバーさんが笑顔で、安心して働ける環境をつくる。

私たちの日常生活を陰で支える素晴らしい仕事だ。

ただ、心配事もある。

人口減少でドライバーさんが不足しているというニュース。

ドライバーの仕事に興味がある子どもさんがこれから増えることを今は期待するばかりだ。

6 日 目

令 和 5 年 2 月 3 日 （ 金 ）

『ひとりの時間』

　今日、妻と義妹が録画してくれた番組を見た。

　「居酒屋新幹線」という番組で、主演の眞島秀和が出張先のご当地美酒と料理を新幹線の中で堪能するという内容だ。

　その他にも吉田類主演の「酒場放浪記」や松重豊主演の「孤独のグルメ」といったシリーズものも好んで見る。

　ご当地のお酒や料理、ときにはスイーツも紹介され、ほのぼのとした時間が流れる。

　主演の表情やコメントも絶妙で、食の楽しさ、人との触れ合い、あるいは哀愁といった人間の温かみを感じる。

　これらの番組を見て、ふと思ったことがある。

　「ひとりの時間を楽しんでるな」と。

　世の中は、刻々と時が移ろい、変化する。

　本当に世の中は忙しい。

　私も仕事が忙しく、残業して家に帰るのが遅くなったりする。

　人間関係だって、悩むときもある。

　それでも1日のうち、ひとりの時間を楽しむ余裕があれば、メンタルヘルスの面でもいい。

　明日から仕事で、東北へ行く。

　もちろん仕事は一生懸命に取り組むけど、番組のような真似事もしてみたい。

　同僚も一緒だが、ひとりの時間をやりくりして作ってみよう。

　明日からの出張が楽しみだ。

7　日　目

令 和 5 年 2 月 4 日 （ 土 ）

『 本 物 を 見 る 』

今 日 、 出 張 で 宮 城 県 松 島 町 に 向 か っ た 。

仙 台 空 港 か ら 知 人 の 車 で 松 島 町 に 向 か う 途 上 、 仙 台 市 立 荒 浜 小 学 校 に 立 ち 寄 っ た 。

仙 台 市 立 荒 浜 小 学 校 。

2 0 1 1 年 3 月 1 1 日 の 東 日 本 大 震 災 に お い て 、 児 童 や 教 職 員 、 荒 浜 地 区 住 民 な ど 合 計 3 2 0 名 が 避 難 し 、 4 階 建 て の 校 舎 の 2 階 に ま で 津 波 が 押 し 寄 せ た 。

現 在 も 震 災 遺 構 と し て 残 り 、 当 時 の 状 況 を 物 語 る 。

1 2 年 近 く の 時 が 経 ち 、 一 見 普 通 の 校 舎 に 見 え る が 、 1 階 、 2 階 は 津 波 が 校 舎 に ま で 到 達 し た 当 時 の 面 影 を 残 す 。

配 管 が む き 出 し に な っ た 天 井 、 い び つ に 曲 が る 鉄 の 扉 、 語 り 部 の 皆 さ ん に よ る 震 災 の 現 実 。

今 日 の 仙 台 市 の 気 温 は 0 ℃ 。

校 舎 の 中 で も 冷 た さ が あ り 、 床 も タ イ ル 張 り 。

避 難 し た 人 た ち は 、 避 難 物 資 の 毛 布 だ け で な く 、 教 室 の カ ー テ ン を 外 し て 床 に 敷 き 、 校 舎 内 に あ る 段 ボ ー ル や 紅 白 幕 で 寒 さ を 凌 ぎ 、 救 助 を 待 っ た と い う 。

当 時 の 状 況 は YouTube で も 映 像 が 残 さ れ て い る が 、 映 像 で 見 る の と 実 際 に 訪 れ て 見 る の と で は 空 気 感 が 違 う 。

案 内 を し て く れ た 知 人 も 言 う 。

「 映 像 で 見 る の と 、 実 際 に 目 で 見 て 現 場 で 感 じ る の は 違 う だ ろ う 」 と 。

ま さ に そ の と お り だ 。

仕 事 に お い て も 本 物 を 見 る 大 切 さ を 感 じ た 1 日 と な っ た 。

8　日　目

令 和 5 年 2 月 5 日 （ 日 ）

『 松 島 か き 祭 り 』

今日、仕事で松島かき祭りに参加した。

私の仕事は観光ＰＲ活動。

しっかりお客さんに観光地の魅力を発信した。

この松島かき祭りは、コロナ禍の影響で3年ぶりの開催となった。

開始時刻は 10 時にもかかわらず、早い人は7時には入口で待っていたらしい。

何と言っても、お客さんの目当ては「牡蠣」であり、通常価格よりもだいぶお得な値段で購入できるため、行列が絶えない。

主催者関係者に聞くと「今年の牡蠣の水揚量は芳しくない」とのこと。

それでも、お客さんは長い列になっても並んで牡蠣を購入する。

販売する人も熱が入る。

本当に祭りの会場は、活気に満ち溢れた。

きっと、コロナ禍で抑えられていた欲求が解放されている気がする。

子どもが牡蠣フライを頬張る姿を見ると、こっちも笑顔になる。

コロナ禍で日本経済は打撃を受け、多くの労働者も傷ついた。

祭りの活気のように、労働者の皆さんが笑顔で働ける職場が増えることを心から願う。

頑張ろう日本！！

9　日　目

令 和 5 年 2 月 6 日 （ 月 ）

『株式会社かまいしＤＭＣ』

今日、観光地域まちづくりの視察で岩手県釜石市に来た。

釜石市来訪の目的は、観光を軸に地域のまちづくりがどのように展開されているのかを視察するためだ。

株式会社かまいしＤＭＣ。

2018年4月に釜石市や民間事業者で設立された組織だ。

観光事業を積極的に展開し、地域経済を活性化させ、地域の雇用や仕事を創出する。

釜石市や商工会議所などが出資してできた株式会社だ。

会社の代表は釜石市出身の河東（かとう）さん。

東日本大震災を契機に、釜石に帰ってきた。

市の期待を背負って。

人口減少の中、従来からある観光資源を組み合わせて稼げる組織を目指した。

修学旅行を対象に東日本大震災の被災を語り継ぐ防災教育、水産業と連携した漁業体験、企業を対象としたワーケーション事業。

観光まちづくりの取り組みは全国から注目され、視察も絶えないようだ。

河東さんが言う。

「住まう誇りを醸成する。」

こうした熱い思いを持つ人が、地域を元気にする。

釜石の未来は明るい、そう感じた。

1 0 日 目

令 和 5 年 2 月 7 日 （ 火 ）

『釜石港を巡る』

今日は、釜石視察の2日目。

かまいしDMCでは、地元の漁師さんと観光を繋いで、「釜石湾漁船クルーズ」をコンテンツとして販売する。

釜石港は東日本大震災で被災し、復興の途上だ。

今回、2人の漁師の方が漁船を出し、約1時間程度釜石港を巡るツアーを体験した。

参加者は14人。

2隻の漁船に分かれ、コースを巡る。

コースには8つのポイントがある。

特に目を見張るのは「湾口防波堤」だ。

この防波堤は世界で一番深い防波堤として、ギネス世界記録に認定され、深さは63mを誇る。

東日本大震災では北側と南側の防波堤のうち、北側の防波堤は全壊した。

その教訓を活かし、防波堤の基礎部分を強固にするために63mの深さを有し、現在の釜石港を守る。

漁師さんが言う。

「釜石を守るのに必要だと分かっている。でも、防波堤により潮流が変わり、捕れる魚や養殖のあり方が変わってしまった」と。

漁師さんにとって、本来の仕事は魚を捕ることだ。

その仕事が思うようにならない。

災害により変わってしまった生業。

大いに考えさせられる1日となった。

１１日目

令 和 5 年 2 月 8 日 （ 水 ）

『 民 話 の 里　 遠 野 』

　今 日 は 、 釜 石 視 察 の 最 終 日 だ 。

　広 島 に 帰 る た め 、 視 察 最 終 日 と い っ て も 主 に は 移 動 す る こ と だ 。

　バ ス で 釜 石 を 後 に し 、 次 に 向 か っ た の は 民 話 の 里 遠 野 。

　子 ど も の 頃 、 よ く 日 本 昔 話 の 中 に 出 て く る 「 河 童 」 は 有 名 だ 。

　遠 野 は 岩 手 県 の 内 陸 に 位 置 す る 盆 地 で あ る 。

　海 岸 部 の 釜 石 と 比 べ て 、 空 気 が だ い ぶ 冷 た い 。

　雪 も 残 っ て い て 、 一 面 銀 世 界 だ 。

　バ ス は 「 道 の 駅 遠 野 風 の 丘 」 に 立 ち 寄 る 。

　お 土 産 を 買 う た め に 、 バ ス の 運 転 手 さ ん が 気 を 利 か せ て く れ た 。

　道 の 駅 の 入 口 に 「 遠 野 市 農 産 物 直 売 組 合 」 と あ る 。

　中 に 入 る と 、 土 産 物 は も ち ろ ん だ が 、 地 元 で 収 穫 さ れ た 野 菜 や 果 物 、 パ ン や 惣 菜 な ど を 直 売 し て い る 。

　特 に リ ン ゴ は 、 数 種 類 の 品 種 が あ り 、 所 狭 し と 店 頭 に 並 ぶ 。

　観 光 客 だ け で な く 、 地 元 の 人 た ち に も 人 気 の よ う だ 。

　同 僚 た ち と 一 緒 に 荷 物 に は な る が 、 リ ン ゴ を 買 っ た 。

　レ ジ 打 ち の マ ダ ム が 「 ど こ か ら 来 た の ？ 」 と 聞 い て き た の で 「 広 島 か ら で す 」 と 答 え た 。

　す る と マ ダ ム は 「 広 島 は 遠 い か ら な か な か 来 れ な い と 思 う け ど 、 ま た 来 て ね 」 と 笑 顔 で 返 し て く れ た 。

　東 北 の 冬 は 広 島 と 比 べ る と 厳 し い だ ろ う が 、 そ の 中 で も 頑 張 っ て 働 く 人 が い る 。

　民 話 の 里 遠 野 に も う す ぐ 春 が 訪 れ る 。

12 日 目

令 和 5 年 2 月 9 日 （ 木 ）

『戦国時代はいす取りゲーム！？』

今日、戦国時代をテーマにしたテレビ番組を見た。

その中で織田信長、豊臣秀吉、徳川家康は知名度では群を抜く。

私は戦国史が大好きで、よく本を読んだ。

推しの戦国武将は島津義弘。

「寡兵をもって大軍を破る」にふさわしい優れた武将だと思う。

特に「島津の退き口」で有名な関ヶ原の戦いぶりは、多くの戦国マニアを魅了する。

徳川家康率いる東軍を前に敗色濃厚な西軍の一員だった義弘。

石田三成、宇喜多秀家、小西行長など味方の諸将も逃げる中、義弘は「強行敵中突破、戦場離脱」を図る。

家康の本陣前を横切って、ひたすら薩摩を目指す島津勢。

本多忠勝や井伊直政といった強者の追撃を振り切って、薩摩へ生還することに成功した。

開戦時 1,500 人いた将兵も生還できたのは 80 名ほどと伝わる壮絶な戦い。

後に島津は家康から赦され、明治維新まで生き抜くことができた。

戦国時代は「天下人」という椅子の取り合いだ。

現代社会でも「総理大臣や社長」といった椅子を巡って争う。

今も昔も椅子取りゲームは変わらない。

１３　日　目

令 和 5 年 2 月 10 日 （ 金 ）

『 水 戸 黄 門 』

今日、とあるTVチャンネルで時代劇水戸黄門を見た。

お馴染みの水戸のご老公が助さん、格さんを従えて諸国を漫遊する。

訪れた土地では悪人がはびこり、これをご老公が正す。

よく考えると諸国で悪事が起こる設定なので「そんなに治安が悪いのか」と時代劇ながら不安に思う。

勧善懲悪のお話なので、物語が終わるとすっきりした気持ちになる。

決まった形だが、本当にいい番組だ。

最近、よく東京オリンピックの不正に関するニュースを目にする。

日本選手団が頑張ってたくさんのメダルを獲得した。

その姿に多くの日本人が感動し、選手を称えた。

その裏で、一部の人による不正が東京オリンピックの余韻を汚す。

残念でならない。

現代社会にご老公が実在するなら、このような不正をどんどん正してもらいたいものだ。

日本人の大多数は法令、コンプライアンスを遵守して、日々の生活や労働を頑張っている。

当たり前だが、正直者が馬鹿を見ず、報われる世の中であって欲しい。

令和の今、ご老公の出番が必要なのかもしれない。

14 日 目

令 和 5 年 2 月 11 日 （ 土 ・ 祝 ）

『 表 現 力 』

　今日、所属する大学院で開催された最終成果発表会に参加した。

　1期上の25人の皆さんの発表で、私は発表を聞きコメントを記載する役割だ。

　皆さんがそれぞれ2年間の学びや自分が抱える課題解決の取り組みを発表する。

　当たり前だが25人25色の表現がある。

　パワーポイントを駆使し、精一杯会場にいる私たちに自分の思いを伝える。

　全くパソコンを見ずに喋って伝える人。

　パワーポイントを作りこんで、スライドを見せて伝える人。

　緊張で声を震わせながらも、必死に伝えようとする人。

　制限時間内に伝えきれずに、強制終了した人。

　いろんな表現があるけど、多くの人の前で自分の考え方を頑張って発表した皆さんに最大限の賛辞を贈りたい。

　本当に素晴らしかった。

　逆に、私は表現力が乏しいようで、よく「言ってることがよく分からん」とか、「主語と述語になってない」とか言われる。

　社労士は、顧客との十分なコミュニケーションが必要な仕事だ。

　私も頑張って表現力を磨いていこう。

　25人の皆さんを見倣って。

1 5 　 日 　 目

令 和 5 年 2 月 12 日 （ 日 ）

『美容院へ行く』

今日は、行きつけの美容院に行った。

年末に髪を切って以来になる。

私の髪は伸びると毛先がクルクルになる。

妻に言わせると「水牛のよう」だそうだ。

雨天や湿気が多いときには、その現象が顕著になる。

朝、ドライヤーをかけてまっすぐにセットしても、昼前にはクルクルに戻る。

だから私はクルクルになる頃を見計らって、美容院に予約を入れる。

行きつけの美容院は、妻の行きつけでもあり、客層もスタッフもほぼ女性だ。

10年あまり通う中で、私以外の男性がカットするのをたった1回しか見たことがない。

それぐらい女性ばかりだ。

周りにお客さんがいる時は、女子トークが炸裂する。

「ああ、世の女性は男性をそういう風に捉えているのか」と学習することもしばしばだ。

私がスタッフさんとした今日の話は、先週の東北出張のことがメイン。

震災復興のこと、グルメのこと、仕事のことなどをいろいろ喋った。

本当に楽しい。

女性目線の感想を聞くのは仕事の上でも重要だ。

両性の理解を美容院から始めるのもいいかもしれない。

16 日 目

令 和 5 年 2 月 13 日 （ 月 ）

『焼肉ランチ』

今日、年休をもらった。

一日ゆっくりしよう。

そう思ったのだが、妻から「せっかくの平日休みならランチに行こう」と。

確かにランチは平日しかやってないところも多い。

お得な値段で旨いものが食べられる。

さらに妻からリクエスト。

「焼肉ランチに行こう」と。

昼から焼肉って贅沢だと思いつつ、焼肉の響きにやられた。

妻と一緒に車でお店に向かう。

車中で「カルビが食べたい、コースは何にする？」とか話に花が咲く。

あとは妻に任せることにした。

お店では80分食べ放題コース2人分を注文した。

食べ放題コースならたくさん食べて元を取らなきゃ。

そう意気込んで一心不乱に肉を焼いて、食べまくる。

久しぶりの焼肉、本当に旨かった。

デザートも食べて、妻も大満足だ。

ただ、焼き肉の後は気を付けなきゃいけない。

メタボへの道だ。

メタボになると職場で半年にわたり、健康指導を受けることになる。

明日からしっかり体を動かそう。

１７ 日 目

令 和 ５ 年 ２ 月 １４ 日 （ 火 ）

『 バレンタインデー 』

今日は、バレンタインデーだ。

コンビニでも、スーパーでも、あらゆる場所でチョコやデザート、花束が販売される。

職場でも、女性陣から男性陣にプレゼントが贈られた。

義理とは分かっていても、嬉しいものだ。

きっと、女性陣は今日までに買い出しに行って、いろいろ選んでくれたのだろう。

帰宅してプレゼントを妻に見せる。

「いいものもらって、良かったね」と。

プレゼントの中身はまだ見ていないが、包装はオシャレで品がある。

帰宅が遅かったので、中身は明日見てみよう。

1か月後にはホワイトデーが訪れる。

男性陣でよく相談し、お返しを考えておかないといけない。

スケジュールにメモをする。

これで安心だ。

ちなみに、私が忘れてはいけないことがある。

何と言っても、今日は結婚記念日。

婚姻届を提出して夫婦となり、職場でも各種の手続きをした。

人生の節目にも書類が付きまとう。

面倒だが、これも人生の通過点。

寝る前に忘れず、妻に日ごろの感謝を伝えよう。

18 日 目

令 和 5 年 2 月 15 日 （ 水 ）

『 Y 子 さ ん と も み じ 饅 頭 』

今日、仕事でY子さんを訪ねた。

Y子さんは地元では有名な郷土史家でTVやラジオへの出演、新聞や雑誌の連載など大変忙しい人だ。

昔の暮らしや文化、言い伝えなどにも詳しい。

話上手でテンポがよく、Y子さんの講座が開催されるとたちまち会場は満席になる。

ご本人は「年金受給者だから」と言うが、フットワークが軽くて、とても高齢者とは思えない。

スケジュール表を見せてもらったが、本当にびっしりと予定が組まれ「どこにこんな元気があるんだ」と不思議に思う。

結局、当初1時間の予定が2時間を超すほど、Y子さんと話が盛り上がった。

話の途中、Y子さんがお茶とお菓子を出してくれた。

お菓子は広島ではお土産として有名なもみじ饅頭。

以前はこしあん、つぶあんといった餡子が主流のお菓子だった。

今ではチーズやカスタードクリームなど店ごとにバラエティに富んだ味がある。

Y子さんが出してくれたのは「桜あん」だ。

なかなかお目にかかることがない種類。

話を聞くと、Y子さんのこだわりがあるようだ。

地元のこと、もみじ饅頭のこと、様々なことに関心やこだわりを持つことが元気の秘訣なのかも知れない。

私もこれから何がしたいのかを考えてみよう。

19 日 目

令 和 5 年 2 月 16 日 （ 木 ）

『みどりの窓口』

今日、ＪＲの駅に行った。

来週は仕事で福井県に出張となり、新幹線の切符を買うためだ。

私はあまり新幹線を利用する機会がなく、久しぶりに切符を買うことに。

以前、駅にはみどりの窓口があった。

駅員さんに利用したい新幹線の乗車時間、座席の指定をお願いする。

その時の駅員さんは気が利く人で「お土産を買う時間が欲しい」とか「混んでいない車両がいい」と言ったら、別の新幹線で混んでいない車両で座席を確保してくれた。

ちょっとしたやりとりだが、こんな駅員さんに当たって、その日は得した気分になったものだ。

でも、今回その場所に行ったら、みどりの窓口はなかった。

最近は人員削減や効率化の一環で、新幹線チケット販売機で購入できるようになったらしい。

私も販売機の前に立ち、慣れない操作でオペレーターとカメラを通じて話をする。

何とか無事にチケットを買うことができた。

わざわざ対面でなくても、いろんなことができる時代。

これも働き方、生活様式の変化なのだろう。

便利な世の中になった。

みどりの窓口、いつか懐かしいと思うときが来るかもしれない。

2 0 日 目

令 和 5 年 2 月 1 7 日 （ 金 ）

『宝くじ売り場』

今日、宝くじ売り場に行った。

夢を求めてロト6を定期的に購入する。

宝くじ売り場は、別名チャンスセンターというらしい。

チャンスは誰にでもあるが、私はいつもチャンスどまり。

20年近く買い続けたが、なかなか当たらない。

よく書店では、ロト6の1等が当たった人のインタビューや習慣、サクセスストーリーを紹介する本を見る。

「私と何が違うのか」と感じる。

金運と言ってしまえばそれまでだが、どうしたら当たるんだ?

秘訣があるなら、誰でもいいから教えて欲しい。

今日も、6つの数字をマークして、売り場のお姉さんから購入した。

お姉さんは「大きく当たりますように」と言って、券を渡してくれた。

笑顔で接してくれるのは嬉しいが、お姉さんの力で大きく当ててくれと心の中で叫ぶ。

それにしても、売り場はいつもワンオペのようだが、お姉さんは昼食やトイレの休憩は取れているのか?

以前、牛丼屋などでワンオペが問題になった。

そのイメージもあって、お姉さんのことが心配だ。

今日も売り場に来る人に幸運をもたらす女神として、笑顔で接しているのだろう。

また、あの笑顔に会いに行こう。

21 日 目

令 和 5 年 2 月 18 日 （ 土 ）

『 笑 い の 効 用 』

　今 日 、 Ｔ Ｖ で よ し も と 新 喜 劇 を 見 た 。

　毎 週 土 曜 日 の 昼 か ら 放 送 さ れ る 。

　大 学 院 の 講 義 が あ る 日 は ビ デ オ に 録 画 す る 。

　お 話 は 毎 回 違 う が 、 1 時 間 の 中 で 笑 い だ け で な く 、 友 情 、 家 族 、 同 僚 、 ご 近 所 さ ん な ど と の 絆 、 感 動 が 描 か れ る 。

　途 中 、 悲 喜 こ も ご も 、 紆 余 曲 折 が あ り な が ら 、 最 後 は ハ ッ ピ ー エ ン ド で 笑 顔 に な る 。

　人 を 笑 顔 に す る 仕 事 、 芸 人 さ ん っ て す ご い 。

　放 送 さ れ る ま で 、 一 生 懸 命 に 練 習 し て る ん だ ろ う な 。

　た ま に は ア ド リ ブ も あ る ん だ ろ う け ど 、 掛 け 合 い と テ ン ポ は 見 る 人 を 飽 き さ せ な い 。

　一 度 、 大 阪 の 劇 場 に 行 っ て 本 物 を 見 た 。

　テ レ ビ の 中 で し か 見 た こ と が な い 芸 人 さ ん が 目 の 前 で 劇 を す る 。

　観 客 の 期 待 に 応 え る 笑 い の 連 続 。

　腹 筋 が 痛 く な る ほ ど 鍛 え ら れ る 。

　迫 力 や 雰 囲 気 、 観 客 の 反 応 な ど 、 劇 場 じ ゃ な い と 味 わ う こ と が で き な い 臨 場 感 が あ る 。

　最 後 は ハ ッ ピ ー エ ン ド と な り 、 拍 手 に 包 ま れ る 。

　惜 し ま れ つ つ 劇 が 終 了 し 、 観 客 は 感 想 を 口 に し な が ら 余 韻 を 楽 し む 。

　笑 う こ と は 心 の 健 康 に 大 切 だ 。

　日 々 の 暮 ら し の 中 で 笑 い を 見 つ け よ う 。

2 2 　日　目

令 和 5 年 2 月 19 日 （ 日 ）

『ティータイム』

　今日は、久しぶりにゆっくりできた日曜日。

　我が家の日曜 10 時はみんなで集まって、ティータイムを楽しむ。

　ただただ好きな紅茶を選んで、好きなお菓子を食べて、喋るだけだが・・。

　他愛もない話を聞き、テレビを見て、ぼーっとする。

　全身の力を抜いて、ひたすらリラックス。

　たまに妻から「口が開きっぱなし」と言われる。

　完全に無防備だったのだろう。

　野生動物は外敵に備えるため、無防備になることはほとんどないと聞く。

　オンオフの切り替えができる人間で良かった。

　今日はキャラメルマキアートとポテトチップスを選んで、贅沢な時間を楽しんだ。

　昔は、職場でも 10 時になったら、ティータイムで休息をとった。

　それが人間関係を円滑にすることもある。

　勤務中では聞けないこと、話せないことが自然とみんなの口から出る。

　「この人は、実はこういう人だったんだ」と気づきも得られる。

　仕事は一人ではできない。

　ティータイムを上手く活用し、風通しのいい職場をつくって、生産性を上げていく。

　忙しい現代社会、1 日のどこかでティータイムを。

2 3 　日　目

令 和 5 年 2 月 20 日 　（ 月 ）

『 子 ど も の 笑 顔 』

今 日 は 、 福 井 県 若 狭 町 へ の 出 張 1 日 目 。

重 要 伝 統 的 建 造 物 群 保 存 地 区 熊 川 宿 の 視 察 。

新 幹 線 と 湖 西 線 、 バ ス を 乗 り 継 い で の 行 程 だ 。

今 回 、 熊 川 宿 の ま ち づ く り を 頑 張 る 人 た ち と 会 っ て 話 を 聞 く の が 目 的 だ 。

広 島 か ら 京 都 ま で 新 幹 線 に 乗 っ た 。

そ こ で 貴 重 な 出 会 い が あ っ た 。

新 神 戸 で 乗 っ て き た 外 国 人 の 母 子 。

子 ど も は 1 ～ 2 歳 く ら い で お し ゃ ぶ り を 口 に す る 。

お 母 さ ん は 綺 麗 な 金 髪 。

子 ど も を 座 席 に 座 ら せ て 、 荷 物 を 新 幹 線 の 棚 に 置 く 。

私 と は 通 路 を 挟 ん で 座 席 が 隣 に な っ た 。

お 母 さ ん が 荷 物 を 整 理 し て い る と き に 、 子 ど も と 目 が 合 っ た 。

子 ど も が 私 に 微 笑 ん だ 。 子 供 の 笑 顔 、 破 壊 力 は 抜 群 だ 。

私 も 手 を 振 っ て 笑 顔 で 応 え 、 子 ど も が そ れ に 反 応 す る 。

す る と 、 お 母 さ ん も 気 づ い て 私 に 微 笑 む 。

な ん か 気 持 ち が ほ っ こ り す る 。

笑 顔 を 繰 り 返 し 、 新 神 戸 か ら 京 都 ま で 30 分 あ ま り 。

英 会 話 は 決 し て 得 意 じ ゃ な い が 、 別 れ 際 「 あ な た た ち と 会 え て よ か っ た 、 よ い 一 日 を 」 と 私 が 声 を か け る と お 母 さ ん が 「 サ ン キ ュ ー ！ ！ 」 と 。

国 籍 は 違 え ど 、 子 ど も の 笑 顔 は み ん な を 幸 せ に す る 。

多 様 性 を 考 え る い い 機 会 と な っ た 。

明 日 も 視 察 、 頑 張 ろ う ！ ！

24 日 目

令 和 5 年 2 月 21 日 （ 火 ）

『熊川宿』

今日は、福井県若狭町への出張2日目。

昨日は熊川宿にある「旧逸見勘兵衛家」に宿泊した。

昨夜から雪が降り続け、路面は積雪と凍結、遠くの山は雪化粧で一面銀世界。

町役場の人が「熊川宿は日本海沿岸よりも積雪が多いですよ」と。

気温は氷点下2度、寒いわけだ。

古い町並みが残る重要伝統的建造物群保存地区熊川宿。

古来、小浜から京都までを結ぶ「鯖街道」の宿場町。

京都に向けて海産物が運ばれ、街道の中継点として都の食を支える役割を果たしたと言われる。

その宿場町は、タイムスリップしたような町並みと一面銀世界は、広島ではお目にかかれない貴重な景色。

思わずスマホのカメラで景色を切り取る。

熊川宿に住む地区の人たちの主な産業は観光業。

2月は冬季ということもあり、観光客もまばらで閑散期に当たる。

店頭では焼きサバや葛餅が売られ、観光客にも好評だそうだ。

観光業以外の住人は小浜や敦賀、近江今津などの職場に通勤する。

だいたい車で30分あまりの通勤。

熊川宿に住む人たちは「スタッドレスタイヤで慣れている」と言う。

事故には気をつけ、厳しい冬を乗り切って。

25 日 目

令 和 5 年 2 月 22 日 （ 水 ）

『 猫 の 日 』

今 日 は 2 月 22 日 、 い わ ゆ る 猫 の 日 。

語 呂 合 わ せ で 「 に ゃ ん 、 に ゃ ん 、 に ゃ ん 」 だ 。

う ち に も 、 ス コ テ ィ ッ シ ュ フ ォ ー ル ド の 10 歳 男 の 子 が い る 。

名 前 は 「 ひ な た 」 と い う 。

ツ ン デ レ が 激 し く 、 気 の 向 く ま ま 家 の 中 で 過 ご す 。

勤 め 人 の 私 に と っ て 、 本 当 に 羨 ま し い 。

甘 え て く る と き に は 、 足 元 を ス リ ス リ 。

グ ル グ ル と 喉 を 鳴 ら す 。

遊 ん で 欲 し い 時 は 夜 中 、 早 朝 構 わ ず 、 起 こ し に 来 る 。

そ ん な 時 は 半 分 寝 ぼ け た ま ま 、 し ば ら く 遊 ん で 、 マ ッ サ ー ジ す る と 納 得 し て 寝 る 。

か わ い い が 寝 不 足 に な る 。

今 度 は 私 が ひ な た に ち ょ っ か い を 出 す 番 だ 。

朝 起 き て 朝 食 を 摂 る と き 、 ひ な た は 寝 て い る こ と が 多 い の で 、 ち ょ っ か い を 出 す と 本 気 で 叩 か れ る 。

さ っ き ま で 遊 ん だ の に ・ ・ 。

こ ん な 感 じ で 、 ひ な た は 家 族 の 一 員 と し て 10 年 を 一 緒 に 過 ご し た 。

ア ニ マ ル セ ラ ピ ー と い う 言 葉 が あ る 。

日 常 、 動 物 と 接 す る と 感 情 豊 か に な り 、 他 人 を 思 い や る 心 も 培 わ れ る と い う 。

私 も こ の 10 年 、 ひ な た の 存 在 に 救 わ れ た 。

そ ば に い る だ け で 、 心 が 温 ま る 。

今 日 は す べ て の 猫 に 感 謝 す る 日 と な っ た 。

26 日 目

令 和 5 年 2 月 23 日 （ 木 ・ 祝 ）

『 時 計 』

今日、部屋の電波時計が止まってしまった。

電池が切れてしまったようだ。

部屋の時計は、この電波時計だけ。

たまたま今日は祝日。

仕事が休みで、朝起きて焦らずに済んだ。

単三電池を探して家の中を探す。

棚の中、小物入れなどをひっくり返すがどこにもない。

仕方なく、朝食を食べ、急いで近くの家電量販店に足を運ぶ。

それにしても時間が分からないのは本当に不便だ。

古代から人は時を計るために様々な時計を用いた。

日時計、水時計、火時計、砂時計・・。

知恵を絞って、みんなで時を共有する。

紀元前の狩猟や農耕が中心だった時代から現代に至るまで、世界それぞれの土地で生活のリズムを刻んだ歴史がある。

「時を計る」ということを考えた人はすごいと思う。

学校の時間割、職場の就業や休憩時間、プライベートなどの余暇時間といった概念も時計がないと成立しない。

人が日常を生きる上で不可欠なツールだ。

何とか家電量販店で電池を買い、電波時計にセットする。

しばらく時針と分針がグルグル回り、電波をキャッチして、いつものように時を刻み始める。

休日の残り時間、ようやく安心して過ごせる。

27 日 目

令 和 5 年 2 月 24 日 （ 金 ）

『 戦 争 と 平 和 』

　今 日 は 、 ロ シ ア に よ る ウ ク ラ イ ナ 侵 攻 か ら 1 年 が 経 つ 。
こ の 1 年 、 連 日 テ レ ビ で 現 地 の 様 子 が 報 じ ら れ た 。
「 同 じ 人 間 が や る こ と な の か 」 と 目 を 疑 う 。
　平 和 が 訪 れ る 様 子 は な く 、 世 界 も こ の 戦 争 を 止 め る こ
と が で き な い 。
　ま し て 、 私 の よ う な 権 力 を 持 た な い 一 般 市 民 の 力 に は
限 界 が あ る 。
　募 金 を し た り 、 ウ ク ラ イ ナ の 人 た ち の 無 事 を 祈 る こ と
し か で き な い 。
　本 当 に 自 分 の 無 力 を 感 じ る 。
　だ か ら こ そ 、 平 和 は 尊 い も の だ 。
　日 記 の 中 で 日 々 の こ と を 記 す 。
　今 日 一 日 出 会 っ た 小 さ な 出 来 事 を 捉 え 、 自 分 の 感 じ る
ま ま に 。
　穏 や か で 平 和 な 日 々 を 過 ご す 幸 せ を 実 感 し た 1 年 だ 。
　仕 事 が あ り 、 仲 間 が い て 、 家 族 が 待 つ 家 が あ る 。
　何 と 幸 せ な こ と だ ろ う 。
　世 界 の 指 導 者 た ち は 優 秀 な 人 だ と 聞 く 。
　優 秀 な 人 た ち が 集 ま っ て 知 恵 を 絞 り 、 解 決 策 を 考 え て
ほ し い 。
　ど う か 1 日 も 早 く 戦 争 が 終 わ り 、 ウ ク ラ イ ナ に 平 和 と
笑 顔 が 戻 る こ と を 祈 る ば か り だ 。
　私 は 名 ば か り の 社 労 士 だ が 、 誰 か の 幸 せ を ほ ん の 少 し
で も 支 え ら れ る 人 間 で あ り た い 。

28 日 目

令 和 5 年 2 月 25 日 （ 土 ）

『焼き芋自販機』

今日は、広島県大竹市の国道2号線沿いにあるガソリンスタンドに行った。

目的はガソリンスタンドの中にある「焼き芋自販機」で焼き芋を買うことだ。

「焼き芋自販機」って、あまり聞いたことがない。

このガソリンスタンドを経営する友人が「広島県内初設置の焼き芋自販機なんだ」とLINEで紹介を受けた。

よく聞くとテレビでも紹介され、SNSにも掲載されたようだ。

農福連携により自販機での売上の一部が福祉団体に寄付される。

友人はいい取り組みに加わっている。

焼き芋は「温と冷」の2種類を24時間、自販機で販売される。

妻や妹は「イモ、クリ、カボチャ」が大好物。

糖度は40度以上で非常に甘い焼き芋らしい。

早速買って保冷バックに入れ、急いで帰宅する。

帰宅後、袋を開封すると3個の焼き芋が出てきた。

皮まで柔らかく、二つ折りにするとしっとりとした黄金色の中身が現れる。

口に含むと密の甘さが広がり、思わず笑みがこぼれる。

家族団らんにはもってこいのおやつになる。

ガソリンスタンドと焼き芋、ビジネスモデルにもいろんなアイデアがある。

人を幸せにするアイデアを生み出すことは素晴らしい。

29 日 目

令 和 5 年 2 月 26 日 （ 日 ）

『 世 界 の 強 さ 』

今 日 、 テ レ ビ で 大 阪 マ ラ ソ ン を 見 た 。

42.195km を ラ ン ナ ー た ち は 走 り 切 る 。

50 歳 を 過 ぎ 、 体 力 の 衰 え を 日 々 感 じ る 中 、 ラ ン ナ ー の 強 靭 な 身 体 に 感 心 し た 。

日 本 人 と 世 界 の ラ ン ナ ー た ち の せ め ぎ あ い 。

マ ラ ソ ン と い う 筋 書 き の な い ド ラ マ に 感 動 す る 。

日 本 人 最 速 の 成 績 を 残 し た 男 性 ラ ン ナ ー は 2 時 間 6 分 台 だ 。

こ れ で も 素 晴 ら し い 成 績 だ が 、 世 界 に は も っ と 速 く 走 る ラ ン ナ ー が い る 。

ま ず は 走 り 切 っ た ラ ン ナ ー た ち に お 疲 れ 様 だ 。

そ れ に し て も 世 界 の 壁 は 厚 い 。

本 番 を 迎 え る ま で に ラ ン ナ ー た ち は 血 の に じ む よ う な 努 力 を 積 み 重 ね る の だ ろ う 。

だ か ら こ そ 世 界 の 選 手 た ち を 交 え た 大 会 で 上 位 に 名 を 連 ね る こ と に 価 値 が あ る 。

ア イ ス ス ケ ー ト の 羽 生 結 弦 選 手 、 女 子 テ ニ ス の 大 坂 な お み 選 手 、 車 い す テ ニ ス の 国 枝 慎 吾 選 手 と い っ た 名 を 残 し た ア ス リ ー ト た ち 。

世 界 ラ ン キ ン グ 1 位 っ て す ご い こ と だ 。

い や 、 ス ポ ー ツ だ け じ ゃ な く 、 文 化 、 芸 術 、 学 術 な ど 様 々 な 舞 台 で 活 躍 す る 日 本 人 が い る 。

日 本 人 の 頑 張 る 姿 が ジ ャ パ ン プ ラ イ ド を 培 う 。

明 日 か ら ま た 仕 事 。

私 も 一 人 の 日 本 人 と し て 仕 事 を 頑 張 ろ う 。

3 0 日 目

令 和 5 年 2 月 27 日 （ 月 ）

『 知 っ た か ぶ り 』

今 日 、 仕 事 で 宮 島 を 歩 い て 回 っ た 。

目 的 は 宮 島 の 景 観 の あ り 方 を 考 え る た め 、 関 係 者 と 一 緒 に ま ち を 見 て 回 る こ と だ 。

宮 島 に 関 係 す る 業 務 に 20 年 以 上 携 わ っ て き た 。

正 直 、 宮 島 の こ と は 他 の 仕 事 仲 間 よ り も 知 っ て い る と い う 自 信 が あ っ た 。

い つ も の 道 、 町 並 み 、 乗 り 物 、 賑 わ い 、 地 域 の 人 た ち 。

何 気 な く 歩 い て き た 宮 島 。

で も 、 今 日 は 違 っ た 。

関 係 者 と 一 つ 一 つ の 風 景 を 確 認 し て 回 る 。

視 線 を 下 げ る と ア ス フ ァ ル ト の 色 も 黒 だ け じ ゃ な く 、 白 色 に 近 い 舗 装 も あ れ ば 、 タ イ ル 張 り の 舗 装 も あ る 。

視 線 を 上 げ れ ば 街 路 灯 の 形 も 地 域 に よ っ て 様 々 。

電 線 や 電 柱 も 意 外 と 多 く 、 歴 史 的 な 景 観 に 違 和 感 を 覚 え る 。

「 こ ん な こ と も 知 ら な か っ た の か ・ ・ ？ 」

そ う 、 私 は 宮 島 を 知 っ て い た つ も り 、 知 っ た か ぶ り だ っ た の だ 。

本 当 に 恥 ず か し い 。

20 年 以 上 が 聞 い て 呆 れ る 。

き っ と 、 ま だ 知 ら な い こ と 、 気 づ い て い な い こ と が あ る は ず だ 。

謙 虚 に 関 心 を 持 ち 、 勉 強 を し 続 け る 。

給 料 や 報 酬 を い た だ く 以 上 、 し っ か り 仕 事 を こ な し て い こ う 。

３ １ 日 目

令 和 ５ 年 ２ 月 ２８ 日 （ 火 ）

『 花 粉 症 』

　今日一日、外の仕事となった。

　夜8時過ぎまで外の仕事をこなす。

　仕事を終えて家に帰って、出迎えてくれた妻の前でジャンパーを脱いだら「花粉がすごいね」と一言。

　自分では気づかなかったが、そう言えば目もかゆくて、瞼が重い。

　くしゃみも凄かった。

　本格的な季節になる前の1月からかかりつけ医のところへ行って、花粉症の薬をもらって飲み続けた。

　それでも、ついにこの時期が来たのだ。

　何気なくテレビをつけてニュースを見る。

　キャスターが「この10年間で過去最高の花粉の多さになりそうです」と。

　症状がひどい時には、倦怠感で仕事のモチベーションが維持できない。

　花粉は温かくなると、多く飛び始める。

　寒さに悩まされることはなくなるが、この花粉症は本当に曲者だ。

　家の外で服に付く花粉を払ってから、家の中に入らないと大変なことになる。

　職場では様々な休暇制度があるが、この季節ならではの「花粉休暇」があってもいいのではないか。

　コロナ同様、マスクが外せない日々がしばらく続く。

　本当に憂鬱だ。

３２ 日 目

令 和 ５ 年 ３ 月 １ 日 （ 水 ）

『 初 任 給 』

　今 日 は 、 明 る い ニ ュ ー ス を 聞 く こ と が で き た 。

　と あ る 大 手 航 空 会 社 の 初 任 給 引 き 上 げ の 記 事 。

　数 日 前 も 大 手 自 動 車 企 業 数 社 が 労 働 組 合 の 賃 上 げ 要 求 に 対 し て「 満 額 回 答 」と 新 聞 で も 大 き く 取 り 上 げ ら れ た 。

　こ こ 数 年 、 コ ロ ナ 禍 で 雇 止 め や 休 業 給 付 金 の 不 正 受 給 な ど の 暗 い 話 題 が 続 い た 。

　直 近 で は ロ シ ア に よ る ウ ク ラ イ ナ 侵 攻 や 鳥 イ ン フ ル エ ン ザ の 流 行 も 重 な っ た 。

　庶 民 に は 厳 し い 日 々 だ 。

　モ ノ の 値 段 が 本 当 に 高 い 。

　卵 、 パ ン 、 野 菜 、 果 物 、 食 用 油 、 缶 詰 、 光 熱 水 費 や 燃 料 費 な ど 数 千 、 数 万 に も 上 る 品 目 の 値 上 げ ラ ッ シ ュ 。

　正 直 う ん ざ り だ 。

　そ ん な 中 で の 初 任 給 ア ッ プ や 賃 上 げ 要 求 に 対 す る 満 額 回 答 の ニ ュ ー ス 。

　企 業 が 優 秀 な 人 材 の 確 保 や 現 在 勤 め て い る 従 業 員 の モ チ ベ ー シ ョ ン ア ッ プ と い っ た 人 へ の 投 資 と い う こ と だ ろ う 。

　ど う か 多 く の 企 業 に 動 き が 広 が っ て 、 就 職 難 に あ え ぐ 学 生 、 日 々 の 生 活 に 困 っ て い る 労 働 者 や そ の 家 族 を 守 っ て ほ し い 。

　5 月 に は G 7 サ ミ ッ ト が 広 島 で 開 催 さ れ る 。

　明 る い 話 題 が 暗 い 話 題 を 上 回 る よ う に 。

　労 働 者 の 笑 顔 が 溢 れ る よ う に 。

３ ３ 日 目

令 和 ５ 年 ３ 月 ２ 日 （ 木 ）

『 塩 尻 か ら の お 客 さ ん 』

今 日 、 仕 事 の 関 係 で 長 野 県 塩 尻 市 か ら ア ド バ イ ザ ー が 来 て く れ た 。

名 前 は W 氏 。

長 年 、 重 要 伝 統 的 建 造 物 群 保 存 地 区 の ま ち づ く り に 携 わ っ て き た 方 だ 。

文 化 庁 や 全 国 市 町 村 の そ の 分 野 で は 名 の 知 れ た 方 で 、 今 回 、 我 々 の 関 連 業 務 を 助 言 す る た め に 足 を 運 ん で く れ た 。

W 氏 は 早 速 「 現 場 が 見 た い 」 と 言 っ た 。

重 要 伝 統 的 建 造 物 群 保 存 地 区 の 町 並 み の 確 認 や キ ー マ ン へ の 接 触 、 地 域 に 受 け 継 が れ る 文 化 や 歴 史 を 体 感 し た い と の こ と だ 。

同 僚 と 一 緒 に W 氏 の 希 望 す る 場 所 、 ス ポ ッ ト へ と 歩 き 回 る 。

ア ド バ イ ス を す る に も 、 現 場 を 見 な い と 適 切 な 助 言 が で き な い と 言 う 。

地 域 が 紡 い で き た 歴 史 や 文 化 は 町 並 み を 表 し 、 人 の 性 格 や 風 習 は 伝 統 と し て 受 け 継 が れ る 。

実 際 、 W 氏 は 地 域 の 人 と 会 い 、 会 話 を す る 。

「 こ の 地 域 で は 何 を 大 切 に し て い ま す か ? 」 と 問 う 。

す る と 地 域 の 人 は 「 伝 統 や 祭 礼 、 地 域 の ル ー ル だ 」 と 答 え る 。

W 氏 は 「 重 要 伝 統 的 建 造 物 群 保 存 地 区 の ま ち づ く り は 人 が 息 づ く と こ ろ に 答 え が あ る 。 そ の 思 い を し っ か り 受 け 止 め る こ と が あ な た の 仕 事 だ 」 と 。

仕 事 の い い 気 づ き を 得 る こ と が で き た 一 日 と な っ た 。

３４　日　目

令 和 ５ 年 ３ 月 ３ 日 （ 金 ）

『 運 転 免 許 を 考 え る 』

　今日、国道2号線で大きな事故があった。

　軽自動車1台が横転、もう1台に衝突したようだ。

　パトカー7台と消防車1台、救急車1台が到着し、2車線のうち1車線が塞がれた。

　その影響で付近の道路は大渋滞。

　私も普段は5分弱で通過できる区間を30分もかかってしまった。

　同僚も渋滞に巻き込まれ、約束した集合時間に間に合わなかった。

　まずは事故に遭った当事者の方が無事であることを祈りたい。

　事故のこともあって、仕事が終わって帰りが一緒になった同僚と運転免許のことで話をした。

　具体的には高齢ドライバーとなった親の運転免許をどう考えるかだ。

　近年、高齢ドライバーが運転する車が誤操作や突発的な病気で事故を起こすニュースが流れる。

　私の親は数年前から身体が不自由なこともあり、家族で話し合った結果、運転免許を返納した。

　地方は都市部と比べて交通網は脆弱だ。

　どうしても車に頼らざるを得ない部分がある。

　利便性を追求しながらも安全であること。

　加害者、被害者にならないように運転免許の重みを考える1日となった。

３５　日　目

令 和 ５ 年 ３ 月 ４ 日 （ 土 ）

『暇を持て余す！？』

今日、自宅近くのゆめタウンに行った。

先日、電波時計の電池が無くなったが、今回は懐中時計の電池が無くなった。

ゆめタウンの中に小さな時計屋さんがある。

数年前にもこの時計屋さんで電池交換をしてもらったので、今回もお願いした。

店員さんが「20分程度で交換できます」と言う。

20分をどこで過ごそうか・・。

私はせっかちで時間を潰すのが苦手だ。

どうしても暇を持て余してしまう。

すると私の横を2人の女子高生が通り過ぎる。

一人の女子高生が「マックで時間潰そうよ」と。

おお、それはナイスアイデア！！

ゆめタウンにはイートインスペースがある。

おまけに Wi-Fi も使える。

早速、マックでジュースを頼み、空いている席に座る。

Wi-Fi の電波も絶好調。

著名な社労士が関連業務を解説する動画が YouTube で配信されている。

一つの動画が私でも理解しやすい 10 分前後で完結する内容だ。

おかげで勉強もでき、暇を持て余さずに済んだ。

20 分が経過して、時計屋さんで懐中時計を受け取る。

懐中時計は、再び時を刻み始めた。

３６日目

令和5年3月5日（日）

『 自宅で過ごす日曜日 』

今日は、雲一つない晴天だ。

カーテンを開けると明るい日差しが部屋に入る。

久しぶりに仕事やその他の予定が入っていない日曜日。

晴天は嬉しいが花粉症の季節。

外出するのは控えよう。・

「今日は家で何をしようかな」と寝転がって考える。

ふと、床に目をやる。

年末に設置した除湿剤が満水に。

まずは家のあちこちにある除湿剤を取り替える。

これでしばらく湿気に悩まされずに済みそうだ。

次は東京マラソンを見る。

コロナ禍で3年余り、東京に行ってない。

画面を通して、ランナーの頑張りや東京の風景を楽しんだ。

昼ご飯を食べて、1週間分のカッターシャツにアイロンをかける。

クローゼットにしわが伸びたカッターシャツが並ぶ。

仕事の準備も万端だ。

3時のティータイムで一息入れる。

ちょうど、テレビシネマで「ジュラシック・ワールド／炎の王国」が始まった。

シネマを見てゆっくり過ごすのもいい。

風呂に入って、晩ご飯を食べれば命の洗濯も完了だ。

今日も日記を書いて、早く寝よう。

3 7 日 目

令 和 5 年 3 月 6 日 （ 月 ）

『衣替え』

今日、昼間の気温は16度を超えた。

朝方は寒かったが天気も良く、お日様が顔を出してからグングンと気温が上がったようだ。

私は寒がりでヒートテックやベンチコート、ダウンジャケットなどを常備している。

今日もヒートテックやダウンジャケットを着て、外回りの仕事をした。

歩き回ることもあり、昼前には体が暑くなってダウンジャケットを脱ぐ。

周りを見ても、みんな上着を片手に持ったり、そもそも冬用の服を着ていない。

そう言えば週間天気予報でも、今週は4月並みの気温が続くと言ってた。

今朝まで車のエアコンを暖房にして職場に向かったのに。

三寒四温ってよく言うけど、あまり感じない今日この頃だ。

衣替えの季節が来たみたい。

仕方ない、冬用の上着から整理して春夏用の服を徐々に出そう。

とある家の庭では梅が咲き始めた。

新たに入学や入社、そして卒業の季節。

服を入れ替えて、来る春を気持ちよく迎えよう。

3 8 　日 　目

令 　和 　5 　年 　3 　月 　7 　日 　（ 　火 　）

　　　　　　　　　　『 海 の 漂 着 ゴ ミ 』

　今 日 、 自 然 環 境 保 護 活 動 を 進 め る 団 体 代 表 の 方 と 一 緒 に 海 浜 を 歩 い た 。

　こ の 団 体 は 定 期 的 に 海 辺 の 清 掃 を 行 っ て 、 漂 着 す る ゴ ミ を 回 収 す る 。

　し か も 、 皆 さ ん 仕 事 の 休 日 に ボ ラ ン テ ィ ア で 行 う 。

　漂 着 ゴ ミ に は 古 木 、 ペ ッ ト ボ ト ル 、 空 き 缶 、 プ ラ ス テ ィ ッ ク 、 発 泡 ス チ ロ ー ル な ど 様 々 な ゴ ミ だ 。

　今 日 の 気 温 は 18 度 。

　体 に は ち ょ う ど い い 気 温 だ が 、 夏 の 暑 い 日 に も 行 う こ と が あ る と い う 。

　代 表 の 方 は 活 動 を 始 め て 20 年 以 上 の ベ テ ラ ン 。

　本 当 に 頭 が 下 が る 活 動 だ 。

　日 本 は 海 洋 国 家 。

　海 に 囲 ま れ た 島 国 。

　全 国 の 海 浜 に 打 ち 上 げ ら れ る 漂 着 ゴ ミ は 膨 大 な 量 に な る と 思 う 。

　私 た ち は 海 か ら の 恵 み を 享 受 す る 。

　食 物 連 鎖 か ら 体 内 に 取 り 込 む の も 日 常 だ 。

　食 の 安 全 を 考 え る 時 、 自 然 環 境 の 影 響 も 注 視 す る 必 要 が あ り そ う だ 。

　食 生 活 の 安 全 の 一 端 を 担 う こ の よ う な 団 体 の 活 動 に 拍 手 を 贈 る 。

　自 然 へ の 敬 意 も 忘 れ ず に 。

3 9 日 目

令 和 5 年 3 月 8 日 （ 水 ）

『ゲーム信長の野望』

今日、数年ぶりに「ゲーム信長の野望」をプレイした。

ゲーム界ではロングセラーのシリーズだ。

私が高校生の頃から楽しんでいるゲームで30年以上の歴史を持つ。

このゲームでは、プレイヤーは任意の戦国武将を選んで富国強兵に励み、ライバルたちを倒して天下統一を目指す。

自国を豊かにするために田畑を整備し収穫を増やす。

収穫のうち民衆から年貢を徴収し、配下の武将たちに知行を分配する。

年貢を多く徴収すれば民衆は一揆を起こし、少なくすれば喜ぶ。

配下の武将たちも知行を多く分配すれば、主人への忠誠心は上昇し、少なくすれば忠誠心が下がって謀反や裏切りが発生する。

プレイすると現代社会に通じるとつくづく思う。

例えば、消費税が上がれば国民は反発するし、各種手当が充実すれば評価が上がる。

労働者も給料が上がれば会社に対するコミットは強くなり、給料が下がればコミットは弱くなり、転職や退職をする。

このゲームを世に出した人たちはすごい。

社会人になる前にプレイすると世の中の縮図を見ることができるだろう。

４ ０ 日 目

令 和 5 年 3 月 9 日 （ 木 ）

『ワールドベースボールクラシック 2023』

今日、ワールドベースボールクラシック 2023(ＷＢＣ)の開幕戦の日だ。

日記を書きながらテレビ観戦をする。

対戦相手は中国。

日本代表チームは栗山監督のもと、メジャーでも活躍中の二刀流・大谷翔平やセ・リーグ三冠王の村上宗隆など、ＷＢＣでなければ見ることができないドリームチームだ。

先発投手大谷の４回無失点の投球で最高のスタートを切り、得点を重ねる。

２２時現在、７回ウラ４対１で日本がリード。

選手起用などの監督の采配、期待に応える活躍をする選手たち。

まさにチームで勝利を目指す姿がそこにある。

試合会場の東京ドームで応援する人たちの熱気がテレビからも伝わってくる。

生で観戦できる人たちが羨ましい。

チケットを入手するのも難しかっただろうに。

私の眠気は限界で最後まで観戦できる自信がない。

どうか私の分まで皆さんには応援をお願いし、明日起床したら勝利の知らせがあることを祈る。

世の中の組織も一緒だと思う。

リーダーの采配と構成員の頑張りをベストミックスさせることで、最大限の力を引き出せる。

今日はいい夢が見れそうだ。

4 1 日 目

令 和 5 年 3 月 1 0 日 （ 金 ）

『仁和寺のＶＲ』

　今日、宮島大聖院の副住職さんから案内があり、ＶＲセミナーを受講した。

　ＶＲはバーチャルリアリティの略称。

　「仮想現実」と訳され、コンピューターによって作り出された仮想的な空間などを現実であるかのように疑似体験できる仕組みだ。

　今回、大聖院の本山である京都仁和寺の建造物や仏像をコンピューターに繋いだ専用のゴーグルで見る。

　ゴーグルを覗くとデジタル空間が広がり、建造物や仏像が空間の中で本物のように目の前に存在する。

　手を伸ばせば建造物や仏像に触れることができそうな距離感、リアル感、立体感を味わうことができる。

　デジタルの世界で便利なのは360度どこからでも物体を見ることができることだ。

　上下左右、表裏まで見え、瓦の葺き方、骨組み、彫り方といった技法や色彩まではっきり表現される。

　ここ数年、コロナ禍で旅行に行けない時期が続いた。

　このＶＲがあれば現地に行けなくても、お目当てのものがパソコンで疑似体験でき世界旅行も可能だ。

　50を過ぎた私にはＶＲの仕組みの理解が追い付かないが、本当にデジタル技術は日進月歩。

　自分が老後を迎える頃、日常はどうなっているのだろう？

　ワクワク感と不安が入り混じる・・。

42 日 目

令 和 5 年 3 月 11 日 （ 土 ）

『東日本大震災から 12 年』

今日、東日本大震災から 12 年が経過した。

12 年前のこの日、私は現場から帰って職場のテレビを見ると信じられない光景が映し出されていたのを覚えている。

職場の同僚たちも言葉を失うばかりだった。

あれから 12 年。

発災から 3 か月が経過した頃からこれまでに名取、仙台、塩釜、松島、東松島、陸前高田、大船渡、釜石、大槌といった地域に機会を見つけて訪れた。

復興が進む一方で、傷跡が深いことも地元の友人たちから話を聞く。

同じ日本人として知らないといけないと思って。

話を聞かせてくれる友人を見て、辛い経験をしながらも、前を向き日々を頑張っている姿が眩しくもあった。

その友人を見て私は強く思った歌がある。

「I BELIEVE」だ。

作詞・作曲は杉本竜一さん。

文化祭や合唱コンクールなどでもおなじみの歌。

私がこの曲を初めて聞いたのは 30 年近く前で、呉市文化ホールで行われた式典で小学校の子どもたちが歌ってくれた。

歌詞と子どもたちの歌う姿が雰囲気とマッチして、とても感動し、それ以来、この曲に私は何度も励まされた。

だから多くの人とこの言葉を共有したい。

「I believe in future 信じてる」

4 3 日 目

令 和 5 年 3 月 1 2 日 （ 日 ）

『ドコモショップの店員さん』

今日、自宅近くのドコモショップに行った。

スマホの機種変更をするためだ。

前回の変更からまだ3年弱だが、充電が途中で止まる。

動画がフリーズして視聴できない。

正直、仕事でも使うからこんなに早く調子が悪くなってしまい気分が落ち込んだ。

おまけに物価高が続いている。

それだけにスマホの機種変更で想定外の出費になったのは本当につらい。

下降気味のテンションでショップに行く。

対応してくれたのは若い女性店員さん。

話を聞くと社会人5年目だと言う。

早速、これまで使ってきた機種の後継機の購入希望を伝える。

値は張るが私に合った機種が見つかった。

それから2時間余り、せっかくの機会なのでサービス内容の見直しやアプリの動作方法も教えてもらう。

説明は明瞭で分かりやすい。

デジタル音痴の私でも理解できる説明だ。

お陰で最初は落ち込んだ気分だったが、笑顔と懇切丁寧な態度にすっかり気分を持ち直した。

データ移行も問題なく完了し、新しいスマホはサクサク動き出す。

店員さんの接客次第でお客さんの気分も変わる。

社会人の心得だが、あらためて勉強になった。

4 4 日 目

令 和 5 年 3 月 1 3 日 （ 月 ）

『二人の巨星』

今日、ニュースで二人の訃報が流れた。

一人はノーベル文学賞を受賞した大江健三郎さん。

芥川賞作家でもあり、広島が舞台となった「ヒロシマ・ノート」は有名だ。

文学を通して、政治や平和、信念を表現してきた。

時に鋭く、世相を切る。

テレビで自分の考え方を堂々と語る姿に感銘を受けた。

そして、もう一人は女性初の参議院議長となった扇千景さん。

宝塚の女優さんだと聞いたが、私が知った時にはすでに政治家の顔だった。

政治家ゆえに、時に憎まれ、報道でさまざまな評価を受ける場面も目にした。

それでも涼しい顔をして、堂々と質問に答える姿に立法府のトップに立つだけの人物だと驚嘆した。

意外だったのは4代目坂田藤十郎さんの奥さんだということだ。

わが妻は歌舞伎が大好き。

十年以上前に博多座へ歌舞伎を見に行った時のこと。

博多座に行く前に近くのホテルのロビーで休んでいると普段着の坂田藤十郎さんに偶然出会う幸運を得た。

どうか天国でもご夫婦仲良く過ごして欲しい。

大江さん、扇さん、二人の巨星の訃報は一つの時代の終わりを告げる。

日本に影響を与えた巨星を偲ぶ1日となった。

４５日目

令和５年３月14日（火）

『大学1年生の眼差し』

　今日、首都圏のとある大学1年生 25 名と意見交換を行う機会を得た。

　観光公害（オーバーツーリズム）や観光地のまちづくりがテーマだ。

　今回、約半分の学生が広島、宮島を初めて訪れたとのこと。

　私にとっても、若い人が観光地に抱くイメージや思いを聞くのは貴重な経験だ。

　学生たちからは「高齢化や少子化が日本全体で進む中、どのように観光業を持続可能な産業にできるか？」「地方自治体が果たす役割は何か？」といった鋭い質問が投げかけられた。

　私なりにそれぞれの質問を真摯に回答し、活発な議論をさせてもらった。

　広島に来るにあたって、学生たちが事前に一生懸命考えてきた質問だからこそ、素晴らしい議論ができた。

　それに将来に希望を見た心地がする。

　学生たちの真剣な眼差しを見たからだ。

　眼差しに力がある。

　眼差しに心がある。

　学生たちが次世代を担い、日本の力となる。

　彼らの成長と躍進を期待したい。

　日本の未来、きっと明るくなる。

４６日目

令和５年３月15日（水）

『 職 場 の 朝 礼 』

今 日 、 い つ も と 変 わ ら な い 職 場 の 朝 礼 が あ っ た 。

毎 日 、 朝 礼 前 に み ん な に 見 え る よ う に「 今 日 は 何 の 日 」 や 「 今 日 の 星 座 占 い 」 を ホ ワ イ ト ボ ー ド に 書 き 出 す 。

3 月 15 日 は 「 オ リ ー ブ の 日 」、「 靴 の 日 」 だ と い う 。

雑 学 も バ ッ チ リ 。

し か も 、 今 日 の 星 座 占 い は 牡 羊 座 が 1 位 。

私 の 星 座 だ 。

始 業 前 か ら 嬉 し い 知 ら せ 。

気 分 よ く 、 仕 事 に 入 れ る 。

朝 礼 で は 、 今 日 の ス ケ ジ ュ ー ル や 同 僚 の 予 定 を 含 め て 確 認 す る 。

「 報 告 ・ 連 絡 ・ 相 談 」、 仕 事 に 関 す る 情 報 共 有 も 大 切 だ 。

つ い で に 、 私 た ち の 職 場 の ス ロ ー ガ ン は 「 ワ ー ク ・ ラ イ フ ・ バ ラ ン ス 」 だ 。

仕 事 は も ち ろ ん 、 家 庭 、 余 暇 、 プ ラ イ ベ ー ト も 一 生 懸 命 頑 張 る 。

み ん な の 共 通 認 識 が あ る か ら 、 職 場 の 雰 囲 気 も い い 。

有 給 休 暇 も 取 得 し や す く 、 気 兼 ね が な い 。

今 月 前 半 は 出 張 や 現 場 が 多 く 、 デ ス ク に 座 っ て 仕 事 を す る 時 間 が あ ま り な か っ た 。

今 日 は 久 し ぶ り に デ ス ク ワ ー ク と な り 、 机 の 上 に 溜 ま っ て い た 事 務 処 理 に 集 中 し た 。

お か げ で 机 の 上 も ス ッ キ リ 。

朝 の 始 ま り 良 け れ ば 、 終 わ り も 良 し 。

こ ん な 日 が 毎 日 続 い て ほ し い な 。

４７ 日 目

令 和 5 年 3 月 16 日 （ 木 ）

『努力は必ず報われる！！』

今日、スマホでニュースを見た。

そこには、女優の小倉優子さん（ゆうこりん）が大学入試に合格したとの記事があった。

芸能ニュースで以前からゆうこりんが大学入試に挑むことは知っていた。

彼女なりの夢や生き方の思いがあったのだろう。

自分の目標に向けて、一生懸命努力を重ねる。

その結果、実を結んで思いを実現する。

何と素晴らしいことだろう。

聞けば3児の母だという。

子育てをしながら勉強に励む。

口にするのは簡単だが、行動に移すことはなかなか難しいことだ。

ただただ敬意を表したい。

自分も社労士の資格を得るために、数年間仕事のすき間時間を利用して勉強した。

社会人となり、好きな分野の勉強が楽しく感じられた。

どうして30年以上前の大学受験も真剣に取り組まなかったのかと後悔することもある。

きっと、自分に明確な目標や思いがなく、いたずらに1日を無駄に積み重ねてしまったのだろう。

因果とは正直に現れる。

1日の努力の積み重ね、本当に大切だ。

ゆうこりんに教わった。

「努力は必ず報われる」ことを。

４ ８ 日 目

令 和 ５ 年 ３ 月 １ ７ 日 （ 金 ）

『 は っ さ く 大 福 』

今日、広島県主催の「町並みづくり研究会」に参加するため、三原市に出張した。

研究会参加者は県内各地から町並みを守る取り組みを進める団体に所属する人たちだ。

地域ではキーマンとなる人たちとの意見交換や議論は自分たちの取り組みの参考になる。

非常にいい機会となった。

ところで、研究会の会場となったビルの1階にお土産屋があった。

店頭で「はっさく大福」が売られていた。

どうも三原の名物和菓子のようだ。

大福と言えば豆大福、塩大福、よもぎ大福、イチゴ大福、梅大福など様々な種類がある。

私は餡子がダメで和菓子全般が苦手だ。

一方、義父や妻、妹は和菓子大好き。

当然、大福も好物だ。

家族の顔も浮かぶし、せっかくお土産屋に立ち寄ったので、はっさく大福を買うことにした。

帰宅は夜になったが、妻も妹もはっさく大福は初めてのようで非常に喜んでくれた。

機嫌も良いし、家庭円満に導くはっさく大福の効果は絶大だ。

明日から休日。

この効果がどうか続きますように。

49 日 目

令 和 5 年 3 月 18 日 （ 土 ）

『春のセンバツ』

　今日、第95回選抜高校野球大会が開幕した。

　出場選手の笑顔、真剣な眼差し、観客の声援を聞くと、コロナ禍を脱し、賑わいが戻ってきたことを実感する。

　高校球児の活躍は感動を覚え、元気な日本が帰ってきた証拠だ。

　投げて、打って、走って・・。

　純粋に野球に打ち込む姿は、自分の青春時代を思い出させる。

　私も小学生から野球に打ち込んだ。

　下手だったけど。

　当時の私は坊主頭で、指導者や先輩たちからしごかれ、何時間も水分を摂らず、ひたすら走らされた。

　今の子供たちにそんな環境で野球をやらせたら、指導者はたちまちパワハラと認定されると思う。

　特に下級生の時には『野球をやりたいのに、なんでこんなことになるんだ』と疑問に感じたものだ。

　それでも基礎体力がつき、筋力、持久力が格段に上がった。

　やはり、人間追い込まれて限界を超えることでレベルアップの要因があるのかも知れない。

　センバツに出場する球児たちもきっと限界を超える練習をしてきたと思う。

　甲子園の舞台で活躍する姿を見る時、裏で努力をしてきた思いを知り、声援を送りたい。

　頑張れ、高校球児たち！！

5 0 　日 　目

令 和 　5 　年 　3 　月 　19 　日 　（ 　日 　）

『ディーラーに行く』

　今日、ディーラーに行った。

　3年ごとに自動車保険を見直し、契約をするためだ。

　近年、ニュースでよく自動車事故が報じられ、人身事故だと悲惨な内容になる。

　保険は大事だと思う。

　ディーラーの担当者と一緒に契約内容を確認する。

　私は3年間無事故だった。

　少しでも保険料が安くなるといいなと思ったが、返ってきた答えは「高くなります」とのことだった。

　話を聞くと、最近自然災害が多く、保険会社の損害支払金が多額に上っているらしい。

　保険という制度で成り立っている世界。

　やむを得ない部分があるが、無事故で過ごしてきた私にとってはやるせない。

　残念だが、これまで同レベルの保険内容で契約した。

　これから3年間、保険料が高くならないように無事故で過ごそう。

　他にも自動車業界も変革を迎え、電気自動車の投入が予定されているようだ。

　私は今のハイブリッド車を気に入っているが、製造が終了したらしい。

　先日、空飛ぶ車のニュースも見た。

　日本の主力である自動車産業も変わりつつある。

　たまにはこういう話も聞いて、世界の変化を肌で感じるのも悪くない。

５１　日　目

令　和　５　年　３　月　２０　日　（　月　）

『回転寿司はどこへ！？』

今日、妻と映画を見た後、近くの回転寿司に行った。

コロナ禍もあって、回転寿司は久しぶり。

お店までの道のりを歩きながら、妻と何を食べようかと話しながら向かった。

お店は昼時。

合わせて子どもたちは春休み期間。

家族連れの皆さんが多く、店の外まで並んでいる。

私たちも受付で名前を書き、待ち時間も妻としゃべって楽しく待つ。

30分ほどして名前を呼ばれ、席に着いた。

寿司はタッチパネルで注文し、店員さんがカウンター越しに手渡ししてくれる。

最近、YouTubeで客の悪質なマナーが拡散した。

ニュースでも心無い一部の人の行いによって、お店が苦しんでいる様子も報じられた。

回転寿司でありながら、回転レーンには寿司の1皿も流れていない。

テーブルに備えつけだった「ガリ」も、タッチパネルで注文しなければならない。

食品に対する安心と安全。

お店の皆さんに感謝しながら、最初の1皿となるおすすめ春限定メニュー「桜鯛」の寿司が来た。

この1皿を皮切りに2人で20皿を平らげた。

周りのお客さんも舌鼓を打ち、笑顔が溢れる。

また、季節を変えて寿司を食べに行こう。

５２日目

令和5年3月21日（火・祝）

『９回逆転サヨナラ勝利！！』

今日は、WBC準決勝メキシコ戦があった。

日本は３点を先制され、苦しい試合運びとなった。

一旦は追いついたもののさらに相手に加点され、５－４で９回裏の攻撃を残すのみとなった。

先頭打者は大谷。

みんなの期待を背負って、バットを振り抜き２塁打。

先頭大谷が出塁し、球場の雰囲気は一気に上がる。

次の吉田は四球を選び、ノーアウト１，２塁。

栗山監督はランナーを吉田から周東に替える。

周東は足のスペシャリスト、ホームまで還れば逆転サヨナラだ。

押せ押せムードの中、バッターは村上。

今日の試合でも三振を喫するなど４打席快音がない。

それでも日本国民は祈ったと思う。

「村上様、頼む！！」と。

１ボール１ストライクからの３球目、ついに捉えた。

打球はセンターオーバーとなり、大谷が、周東が続けてホームイン。

９回逆転サヨナラ勝利、まさに筋書きのないドラマだ。

妻も妹も号泣し、私も胸が熱くなった。

これまで選手たちが一生懸命プレーする姿を見ているから感動もひとしおだ。

明日はついに決勝アメリカ戦。

選手たちにはしっかり休んで明日に備えてほしい。

筋書きのないドラマはまだまだ続く、頑張れ日本！！

５３日目

令 和 ５ 年 ３ 月 ２２ 日 （ 水 ）

『 土 蔵 を 調 査 す る 』

今 日 午 前 中 、 W B C 決 勝 ア メ リ カ 戦 が あ っ た 。

結 果 は 3 － 2 で 日 本 が 勝 利 し 、 世 界 一 の 栄 冠 を 3 大 会 ぶ り に 奪 還 し た 。

本 当 は 余 韻 に 浸 っ て い た い 気 分 だ が 、 仕 事 に 引 っ 張 ら れ た 。

今 日 は 地 域 の と あ る 名 家 の 土 蔵 を 調 査 し た 。

土 蔵 の 現 所 有 者 か ら 依 頼 が あ り 、 同 僚 4 名 で 調 査 を 行 っ た 。

土 蔵 の 測 量 や 骨 組 み 、 昔 の 書 簡 や 取 引 台 帳 の 内 容 、 漆 器 や 家 具 な ど の 状 態 を 確 認 す る 。

私 は 文 書 を 中 心 に 見 て い く 役 目 だ 。

文 書 に は 、 い ろ い ろ な 情 報 が あ る 。

地 域 の 文 化 や 風 習 、 経 済 や 近 隣 関 係 な ど 、 こ れ ま で 明 ら か に さ れ て こ な か っ た 事 実 、 歴 史 が 判 明 す る こ と も あ る 。

調 査 は 今 日 だ け で は な く 、 今 後 も 続 く 。

丁 寧 に 調 査 を 進 め る こ と が 大 事 。

そ の 上 で 現 所 有 者 や 地 域 の た め に 報 告 で き る よ う な 成 果 や 郷 土 史 の 研 究 が 進 む と い い 。

残 念 だ が 、 昔 の 建 物 は 老 朽 化 や 代 替 わ り な ど で 年 々 壊 さ れ 、 減 る 一 方 だ 。

中 に は 貴 重 な 資 料 が 収 蔵 さ れ て い る こ と も あ る 。

地 域 の た め に 未 来 に 残 し た い も の を し っ か り 残 す 。

自 分 に で き る こ と を 精 一 杯 果 た す 。

さ あ 、 明 日 も 頑 張 ろ う ！ ！

５４　日　目

令 和 ５ 年 ３ 月 ２３ 日 （ 木 ）

『ふとん乾燥機』

今日、広島は雨が降った。

ここ1週間で気温もだいぶ上がった。

太田川沿い、平和記念公園、宮島も桜が咲き始め、人が集まり始める。

いよいよ春本番だ。

こうなると気温が上がり、湿度も高くなる。

先日、除湿剤を替えたばかりだが、部屋の湿度は80％を超えた。

夜も多少寝苦しい。

そろそろふとんも厚手のカバーや毛布は押し入れにしまう頃か。

その前にふとん乾燥機をかけておこう。

寒くなる季節まで、お世話になったふとんには湿気がこないように。

2時間ほど乾燥機をかける。

湿気がとび、臭いもなくなる。

ダニも死滅し、ふとんが清潔に保てる。

テンションも上がる。

せっかくだし、家族のふとんも乾燥機をかける。

家族にも好評だ。

本当にいいことばかり。

ふとん乾燥機を発明した人はすごい。

日々の生活課題を解決する素晴らしいアイデアだ。

便利で快適な生活に感謝、感謝。

5 5 日 目

令 和 5 年 3 月 2 4 日 （ 金 ）

『伝統工芸が繋いだ縁』

　今日、メキシコから帰国した同級生を案内するため、宮島に渡った。

　彼女はメキシコ日本人学校に2年間派遣され、現地で広島の伝統工芸や文化、歴史などを子どもたちに教えたそうだ。

　彼女は赴任早々、授業の中で「宮島彫」という伝統工芸を紹介したいと私に連絡をしてきた。

　当時、宮島彫唯一の伝統工芸士であったHさんと私は知り合いでもあり、彼女に紹介したのだ。

　メキシコと宮島、そしてHさんの体調がすぐれなかったこともあり、主には彼女とHさんの奥様とのメールや手紙でのやり取りとなった。

　時には、現地の子どもたちが宮島彫に携わるHさんへの質問や授業の感想を手紙に書いて日本に送った。

　昔から宮島周辺は木材の集積地であり、小木工業が発展した地でもある。

　宮島彫は、木が持つ本来の木目の美しさを活かし、お盆などに直接模様を彫刻する伝統工芸だ。

　残念ながら、2年前Hさんは亡くなられたが、やり取りをした伝統工芸展示施設の関係者にお礼のあいさつを済ませた。

　彼女は地元の中学校に赴任することになり、続けて伝統工芸の素晴らしさを子どもたちに伝えていく。

　一人でも多く伝統工芸に関心を持ってもらえたらと願わずにはいられない。

5 6 日 目

令 和 5 年 3 月 25 日 （ 土 ）

『 路 面 電 車 を 楽 し む 』

今日、広島市内に行くため、路面電車に乗った。

自宅から約1時間程度、電車に揺られる。

私が乗る電車は、原爆ドームや広島市内中心部に繋がるルートだ。

今日は土曜日。

多くの人がオシャレしている。

子どもが春休み中なのか、家族連れも多い。

長く続いたコロナ禍がここ広島でも終息しつつあることを実感する。

中には大きなスーツケースを持つインバウンドの観光客もいる。

移動が大変そうだ。

そう言えば、宮島観光協会の人が2月と3月の観光客数が過去最高になりそうだと言ってた。

観光シーズン本格化。

これで広島の景気も良くなったらいいのに。

ちょうど、車窓から原爆ドームの近くを流れる元安川沿いの桜が見える。

桜の下には、花見客もたくさんいる。

みんな楽しそうに宴会をしているようだ。

路面電車の車内、車窓からも、人それぞれの様子や動きがよく見える。

人間ウォッチングもなかなか面白い。

たまには自動車じゃなく、路面電車に乗ってみよう。

第 2 章　　宮 島 編

5 7 日 目

令 和 5 年 3 月 2 6 日 （ 日 ）

『 潮 の 干 満 』

　今日、広島湾から宮島を眺めてみた。

　今月は潮の干満差が大きい。

　潮位が250cm以上になると厳島神社が海上に浮かぶように見える。

　逆に100cm以下になると厳島神社大鳥居の根元まで歩いて近づくことができる。

　遠浅の砂浜が広がる。

　宮島が日本三景、世界遺産と称される由縁の一つがこうした自然美がある。

　観光客には時間を十分とって、潮の干満や景色を楽しんでもらいたい。

　ちなみに今日は「中潮」だ。

　満潮時の潮位は329cm、干潮時は30cmで300cmの干満差があった。

　満潮時には堤防のそばで波の音を聞き、広島湾の魚を見ることができる。

　干潮時には遠浅になった砂浜で潮干狩りを楽しむ人が増えてくる。

　カニや小さな水生生物を間近で観察でき、ちょっとした課外学習も可能だ。

　潮の干満がもたらす水生生物や自然の循環。

　古来から脈々と受け継がれてきた循環を今生きる人たちが守っていく。

　自然から学ぶ。

　何と素晴らしいことだろう。

58 日 目

令 和 5 年 3 月 27 日 （ 月 ）

『 島 全 体 が 御 神 体 』

今日、廿日市市極楽寺山にある極楽寺を訪れた。

標高 693m の極楽寺には展望台がある。

展望台から対岸にある宮島や広島湾に浮かぶ他の島々を含めた多島美が俯瞰できる。

宮島は島全体が御神体であり、古くから「神の島」と呼ばれ信仰の対象だった。

厳島神社は地上ではなく海上に創建された。

島の中では地面に鍬を入れる農業ができない。

島の中では血や死を想起させる「出産や葬儀」を行うことができない。

それはなぜか？

島全体が御神体であり、人々が神聖な地であることを認識していたからだ。

昔は宮島に家を建てることが憚られたことから、神職でさえ対岸に居住し、神社に通って神事を行った。

時代が下って、徐々に神職をはじめ、人々が宮島に居を移す。

宮島は門前町として発展し、五重塔や千畳閣を境に西町と東町に分けられる。

西町は神職たちが住む社家が立ち並び、東町は住民たちが住む町屋で構成される。

町屋には「オウエ」と呼ばれる間に神棚が祀られ、住民たちは日々拝し、崇めてきた。

今もその信仰が受け継がれている。

世界の観光客を魅了する宮島の姿がここにある。

5 9 日 目

令 和 5 年 3 月 2 8 日 （ 火 ）

『宮島杓子（みやじましゃくし）』

今日、桜満開の宮島へ渡った。

宮島には花見や行楽目的の多くの観光客が押し寄せている。

すさまじい人の波だ。

その波をかき分けて、私は宮島歴史民俗資料館に向かった。

というのも現在甲子園球場を舞台に春の高校野球選抜大会が開催されている。

中国地区代表の広陵高校は昨日の3回戦も勝ち残った。

この広陵高校は甲子園に行く前に厳島神社に参拝し、必勝祈願をする。

宮島歴史民俗資料館の展示場所の一つである土蔵には、平成3年と平成15年に広陵高校が優勝した際に奉納した宮島杓子が展示されている。

元々、宮島杓子は江戸時代の僧、誓真さんが宮島の島民たちが少しでも豊かに暮らせるように土産物として、生産を奨励したという云われがある。

また、杓子には「敵を召し捕る（飯とる）」ということで縁起物としても重宝された。

杓子は「しゃくし」と読み、杓文字は「しゃもじ」と読み、宮島の人たちは杓子（しゃくし）と呼ぶのが当たり前となっている。

広陵高校が優勝し、宮島歴史民俗資料館の土蔵に3本目の宮島杓子が展示されることを期待したい。

頑張れ、広陵高校！！

６０ 日 目

令 和 ５ 年 ３ 月 ２９ 日 （ 水 ）

『御笠浜（みかさのはま）』

　今日、テレビで明日の天気予報を取り上げていた。

　数日に1回は、宮島の景色を映しながらお天気お姉さんが明日の天気を解説する。

　宮島の景色を映すときに決まったスポットがある。

　「御笠浜」だ。

　厳島神社の入口付近にある地名で、大鳥居をバックに写真を撮るには一番の場所。

　多くの観光客が足を止め、写真を撮る。

　修学旅行や団体客もカメラマンに促されて、満面の笑みで写る。

　特に夕方になると夕日がさし、大鳥居や海面が映え、大野瀬戸とともに美しい景色が見られる。

　江戸時代に刊行された「芸州厳島図絵（げいしゅういつくしまずえ）」という地誌にも掲載されている場所だ。

　昔から名所として知られていたのだろう。

　自然の美しさに惹かれる。

　この付近にはWi-Fiも設置されていて、写真をそのまま共有できる。

　まさに、レンズの中に閉じ込めたい景色を入れる瞬間となる。

　誰をも魅了する地、御笠浜。

　これからも多くの観光客を惹きつける。

6 1 日 目

令 和 5 年 3 月 3 0 日 （ 木 ）

『勝海舟が来た！！』

　今日、インターネットで宮島大願寺の記事を見た。

　大願寺は厳島神社の出口を出て、目の前にある。

　開基は不明だが、鎌倉時代に僧の了海によって再興されたと伝わる歴史ある寺院。

　この寺院が有名なのは、ご本尊である厳島弁財天が神奈川県鎌倉、滋賀県竹生島の弁財天と並び日本三大弁財天の一つに数えられているからだ。

　厳島神社に参拝した観光客も手を合わせに来る。

　寺社仏閣巡りも宮島での醍醐味。

　さらに大願寺は歴史上の偉人たちとの出会いもある。

　幕末に活躍した勝海舟だ。

　江戸幕府の幕臣であり、海軍技術に秀でた人物。

　何と言っても有名な出来事は「江戸城無血開城」だ。

　1868年、明治新政府軍が江戸に迫る中、100万市民のために奔走し、江戸城総攻撃を回避、戦禍から守った。

　そんな勝海舟も宮島に縁がある。

　1866年、第2次長州戦争の際、徳川慶喜の指示で敗色濃厚な中、大願寺を舞台に長州藩の広沢真臣や井上馨たちと停戦交渉を行った。

　交渉は書院で行われ、厳しい交渉だったと伝わる。

　その書院からは、今も見事な庭が見える。

　勝海舟の目から宮島の景色はどのように映ったのだろう。

　感想を聞いてみたいものだ。

6 2 日 目

令 和 5 年 3 月 31 日 （ 金 ）

『 弥 山 登 山 』

今日、宮島島民から電話があった。

その人は島内で飲食業を営んでいる。

観光シーズンまっただ中。

桜も満開の状況で人並みがすごいようだ。

日中の気温も 20 度を超えて上着を着ているとだいぶ熱いとのこと。

冷たい飲み物が売れるようで、インバウンドのお客さんが「弥山に登ってきた」と嬉しそう。

弥山は宮島にある山で 535m だ。

登山道は主に 3 ルートある。

初心者でも 2 時間程度あれば登れる山で人気がある。

地上の気温と比べると 5 度程度低く、今の時期、頂上に登ると涼しさと爽快感が味わえる。

私も仕事で何度も登った。

40 代の身体にはとてもきつい負荷がかかる。

翌日以降、しばらく筋肉痛が襲い、ちょっとした階段を上り下りするだけでもしんどい。

日頃からの鍛錬が不足していることを痛感する。

たまにインバウンドのお客さんがタンクトップに短パンとサンダルでどんどん登っていくところを見たことがある。

女性でハイヒールを履いて登っていく人も。

足が痛くならないかなと心配だ。

春のいい季節、みんな怪我なく登山を楽しんで欲しいな。

6 3 日 目

令 和 5 年 4 月 1 日 （ 土 ）

『牡蠣いかだ』

今日、車で高速道路を走った。

広島から山口方面へと向かう山陽道下り線。

宮島ＳＡの手前から道が開けて、広島湾一帯が見えてきた。

天気も良く、広島湾の海面が煌めく。

宮島もはっきりと見え、朱の大鳥居も小さいながらも存在感を示す。

せっかくだから車を停めて宮島ＳＡで休憩し、景色を楽しむ。

宮島ＳＡは極楽寺山の中腹くらいの高さにある。

ＳＡから宮島と宮島口を往来するフェリーや漁船、さまざまな船舶の動きがよく分かる。

それにしても船を操舵する人はすごいと思う。

宮島沖には「牡蠣いかだ」が浮かび、船はそれを避けるように動いている。

牡蠣は広島を代表する食べ物だ。

養殖が盛んで全国各地に出荷される。

牡蠣鍋、カキフライ、焼き牡蠣、オイル漬けなど食べ方はバリエーションに富む。

以前、牡蠣の養殖業を営む友人に聞いた。

「昨年はあまり生産量が芳しくなかった」と。

水温など環境の変化もあるようだが、質の高い牡蠣づくりに情熱を注ぐ。

牡蠣いかだを見ると「やっぱり牡蠣づくりが好きだから」と言った友人の顔が目に浮かぶ。

６４日目

令 和 ５ 年 ４ 月 ２ 日 （ 日 ）

『　厳島神社と桜尾城　』

　今日、親戚から宮島の対岸廿日市にある桂公園の写真をスマホに送ってもらった。

　桂公園は別名桜尾城址公園という。

　その名のとおり桜の名所。

　天気は晴れ。

　気温も5月並みで暑いくらい。

　桜もちょうど満開で見ごろのようだ。

　公園で家族連れが花見をする様子が目に浮かぶ。

　実はこの公園には歴史とロマンがある。

　昔、この場所に安芸国の西部を守る重要な拠点として桜尾城が築かれた。

　今は周囲が宅地化されて面影は残っていないが、当時は三方が海に囲まれた要害だったと伝わる。

　鎌倉時代、幕府御家人として藤原氏が入城し、戦国時代まで周辺地域を治めながら、厳島神社の神主職を務めた。

　厳島神社の神主さんが地域のお殿様だった事実。

　初めて聞いたときはびっくりした。

　神主さんとお殿様が結びつかない。

　普段どんな生活をして、戦いのときにはどんな格好をしていたのだろう。

　花見も家来や地域の人たちと楽しんだのかな。

　厳島神社の意外な歴史。

　知るとなかなか面白い。

6 5 日 目

令 和 5 年 4 月 3 日 （ 月 ）

『宮島に花が咲く！？』

今日、花屋の前を通った。

綺麗な花が飾られている。

「あっ」とふと思い出した。

宮島では背の低い花はめったに見ない。

鹿が全部食べてしまうからだ。

草食動物の鹿は花や葉っぱが大好物。

雑草を含めて綺麗に食べてくれるので、宮島では草刈は必要ない。

島民はプランターや鉢に植えた花を外には出さない。

だから宮島で花を見ることは珍しい。

そんな中、宮島でこの時期に咲く花がある。

『馬酔木（あせび）』だ。

馬が酔う木と書く。

有毒な成分を含有する植物なので鹿も馬酔木は食べない。

この成分を利用して殺虫剤や虫よけに使われることもある。

だから鹿がいる中でも馬酔木は可愛らしい白い花を咲かせる。

「あせび歩道」という散策道もあり、宮島ではおなじみの植物だ。

宮島の自然と鹿の関係。

事前に知って宮島に来ると、一味違った見方で楽しめる。

６６日目

令和５年４月４日（火）

『 宮 島 の 夜 景 』

今日、残業で遅くなった。

疲れた体を早く家に帰して、お風呂に入りたい。

そんな焦る気持ちを抑えながら広島湾岸の道路を車で帰る。

夜も遅く、車も少ない。

見通しが良く、ストレスなく運転できた。

赤信号で止まり運転席の窓から外を見た。

遠くに宮島が見える。

厳島神社や大鳥居、五重塔などがライトアップされ、まるで海に浮かびあがるような光景。

脇には海沿いに連なる石灯籠に明かりが灯る。

明るい日中には見せない姿。

日帰りの観光客には見られない景色。

宮島や対岸の宿に宿泊する観光客の特典だ。

満月の日と重なると月の光が島の稜線や海面を照らして幻想的に映し出す。

季節ごとのライトアップも面白い。

春は桜、夏は新緑、秋は紅葉、冬は雪化粧した表情が明暗のコントラストが何とも言えない。

島の中には写真クラブがあり、ライトアップした景色を撮りためている人もいる。

美しい一瞬を切り取って見る人を魅了する。

多くの人に夜の宮島をもっと知ってほしい。

6 7 日 目

令 和 5 年 4 月 5 日 （ 水 ）

『 ト イ レ の お 話 』

今 日 、 テ レ ビ で ト イ レ マ ニ ア の コ ー ナ ー が あ っ た 。

日 本 ト イ レ 協 会 と い う 団 体 が あ る ら し い 。

番 組 で は ト イ レ に 熱 い 思 い を 持 つ 皆 さ ん が 登 場 。

ト イ レ は 陶 器 で で き て い る と か 、 力 士 の ト イ レ と 一 般 の ト イ レ で は 便 座 の 足 の 数 が 違 う と か を 力 説 す る 。

中 国 や ヨ ー ロ ッ パ の 昔 の ト イ レ の 紹 介 も あ り 、 な か な か の 雑 学 に な る 。

世 の 中 、 興 味 や 関 心 が 人 そ れ ぞ れ だ な と 感 じ る 。

宮 島 に も 面 白 い ト イ レ が あ る 。

「 T O T O 宮 島 お も て な し ト イ レ 」 だ 。

宮 島 の 表 参 道 商 店 街 の 真 ん 中 に あ る 。

か つ て 、 こ の 場 所 に は 世 界 一 の 大 杓 子 が 飾 ら れ 、 観 光 客 の 待 ち 合 わ せ 場 所 に な っ て い た 。

そ の 裏 に 男 女 2 基 ず つ の ト イ レ が あ っ た が 、 あ ま り の 人 の 多 さ で い つ も 長 蛇 の 列 。

ト イ レ 不 足 を 解 消 す る た め に 建 て ら れ た の が お も て な し ト イ レ だ 。

2 階 建 て で 1 階 に は 観 光 案 内 所 や 自 動 販 売 機 、 ゴ ミ 箱 が あ る 。

ト イ レ は 男 女 ト イ レ だ け で は な く 、 車 い す 優 先 ト イ レ 、 フ ァ ミ リ ー ト イ レ 、 性 的 マ イ ノ リ テ ィ の 方 へ の 配 慮 が な さ れ た 誰 で も ト イ レ な ど 多 種 多 様 だ 。

2 階 に は 休 憩 ス ペ ー ス や 充 電 ス ペ ー ス が あ り 、 W i - F i 完 備 で ゆ っ く り 過 ご す こ と が で き る 。

意 外 な ス ポ ッ ト 、 多 く の 人 に 体 験 し て ほ し い 。

68 日 目

令 和 5 年 4 月 6 日 （ 木 ）

『入島制限の島』

　今日、テレビで G7 広島サミット開催による宮島への入島制限の報道があった。

　5月の開催期間中、交通規制や観光客の入島制限が行われるという。

　私自身も宮島に在勤したこともあるし、今もたまに往来する。

　今までこんな制限を体験したことがない。

　イメージするのも難しい。

　世界の首脳を身近な場所に招くことがこんなに大変なのか。

　国家の一大事。

　地元への影響も大きい。

　報道で地元の人がインタビューを受けていた。

　「期間中は店を閉めるけど、制限が終わったら多くの観光客に来て欲しい」、「大変だけど協力する」と。

　みんなそれぞれ思いはあるが、前を向いている。

　世界の首脳が本当に宮島に来るなら厳島神社や宮島の海、自然といった魅力を肌で感じてほしい。

　以前、オバマ大統領が原爆ドームや広島平和記念資料館を訪れたが、それ以降観光客が増大したと聞いている。

　オバマ大統領が帰国した翌日、妻と一緒に同じ場所に立って写真を撮ったのを思い出す。

　首脳自身が広告塔。

　G7開催後の宮島が楽しみだ。

６９ 日 目

令 和 ５ 年 ４ 月 ７ 日 （ 金 ）

『 舞 楽 の お 話 』

　今 日 、 同 僚 か ら 舞 楽 の こ と を 聞 か れ た 。

　G7 サ ミ ッ ト の こ と 、 厳 島 神 社 の こ と が 気 に な る ら し い 。

　よ く 話 を 聞 い て み る と G7 の 首 脳 が 来 た ら 、 参 拝 だ け じ ゃ な く 、 舞 楽 が 舞 わ れ る よ ね と 。

　ま だ 、 G7 サ ミ ッ ト ま で 1 ヶ 月 半 あ る 。

　同 僚 も 本 当 に 気 が 早 い 。

　で も 、 確 か に 参 拝 と 記 念 撮 影 だ け じ ゃ な い か も 。

　舞 楽 は 中 国 が 起 源 ら し い 。

　中 国 か ら 日 本 へ と 伝 わ っ た 。

　平 清 盛 が 厳 島 神 社 を 造 営 し て 、 京 都 か ら 流 入 し た さ ま ざ ま な 文 化 の 一 つ だ と 聞 く 。

　フ ェ リ ー の 観 光 動 画 で も 流 さ れ る 。

　本 当 に 優 雅 な 舞 。

　代 表 的 な 舞 は 「 蘭 陵 王 （ ら ん り ょ う お う ） 」。

　宮 島 口 ロ ー タ リ ー に は 蘭 陵 王 の 像 も あ る 。

　厳 島 神 社 高 舞 台 で 舞 わ れ る 際 に は 装 束 や 面 を 着 け る の だ が 、 面 は 国 の 重 要 文 化 財 に も 指 定 さ れ る ほ ど だ 。

　ま さ に 、 歴 史 と 文 化 の 最 高 峰 。

　確 か に 舞 楽 を G7 の 首 脳 に 見 て 欲 し い 。

　首 脳 た ち の た め だ け の 舞 楽 奉 奏 。

　そ ん な 画 も 世 界 に 配 信 さ れ る と 宮 島 ブ ラ ン ド が 上 が っ て い く 。

　同 僚 と そ ん な 話 を し な が ら 盛 り 上 が っ た 。

７０日目

令和５年４月８日（土）

『ミヤジマトンボ』

　今日、同僚から電話連絡があった。

　道路にオオサンショウウオが死んでると。

　普段は川の中にいる生物がなぜ道路にいるんだ。

　以前、原爆ドーム近くの川にオオサンショウウオが迷い込んだとニュースがあった。

　オオサンショウウオは生きた化石。

　日本固有種で特別天然記念物に指定されている。

　保存、保護が必要な生物だ。

　宮島にも貴重な生物が存在する。

　名称を「ミヤジマトンボ」という。

　一見、シオカラトンボに似ている。

　世界で香港と宮島の2か所のみで見られる。

　瀬戸内海国立公園の区域内に生息するトンボで、環境省から「指定生物」とされた。

　絶滅危惧1A類で捕獲規制がとられ、さまざまな機関、団体が保全に取り組んでいる。

　一般にもよく知られていて、プロバスケットチーム「広島ドラゴンフライズ」の由来はミヤジマトンボから来ている。

　今、広島ドラゴンフライズは絶好調で西地区からクラブ史上初のチャンピオンシップ出場を決めた。

　ちょうどいい機会だ。

　もっと、みんなにミヤジマトンボの大切さを知ってもらおう。

7 1 日 目

令 和 5 年 4 月 9 日 （ 日 ）

『宮島さん』

　今日、野球中継でカープ対ジャイアンツの試合が行われた。

　天気も良く、マツダスタジアムは真っ赤に染まる。

　鳴り物や声出し応援も解禁された。

　コロナ前の応援風景がテレビからも伝わる。

　この光景を誰もが待ち望んだ。

　当然、私もその一人。

　できれば球場で生観戦したいのだが・・。

　カープの人気もあって、なかなか観戦チケットが手に入らないのが残念。

　まだ、シーズンが始まったばかり。

　いつか球場に行ける奇跡を願う。

　カープファンの応援は見ていて心躍る。

　その中でも得点したときの曲が決まっている。

　「宮島さん」だ。

　球場全体で歌い、メガホンを叩く。

　以前、私が観戦したとき、宮島さんを歌い終わると周囲の知らない人たちといつの間にかハイタッチや言葉を交わして盛り上がる。

　大人はビールが進み、子どもたちは大喜びでお弁当を頬張り、ジュースで乾杯する。

　いい時も悪い時もあるけど、みんながカープの優勝を信じている。

　選手の頑張りがみんなの活力にも繋がる。

　今年もたくさん「宮島さん」が歌えますように。

７２　日　目

令　和　５　年　４　月　１０　日　（　月　）

『外国人労働者の皆さん』

今日、テレビで外国人労働者のニュースが紹介された。

今や日本は少子化と高齢化が同時進行。

人口がどんどん減っていく。

働き手が減り、生産力が低下し、日本の国力も弱くなると予想するコメンテーターもいる。

企業の採用担当者も苦労していることだろう。

その中で外国人労働者の存在はありがたい。

宮島でも少なからず外国人労働者がいる。

カキ打ち場など水産業に従事する皆さんだ。

主にフィリピンから来ている人たち。

彼らがいなければ、水産業が成り立たないほど貴重な労働力だ。

漁協の人に聞くと出稼ぎの人もいれば、家族で来日している人もいるらしいが、みんな一生懸命働いてくれているそうだ。

日常生活の中では、大人はタガログ語を喋る。

普段の会話内容は日本人にはほぼ分からない。

でも、子どもは宮島の学校に通って、日本の子どもたちと学んだり、遊んだりする。

だから、フィリピンの子どもたちはいつの間にか簡単な日本語での会話や単語を覚える。

時として、日本人とフィリピン人の大人同士の会話を通訳することだってある。

水産業は多様性を受け入れ、外国人労働者の皆さんと一緒に広島名物「牡蠣」の生産に励む。

7 3 日 目

令 和 5 年 4 月 11 日 （ 火 ）

『 ３ 月 も 過 去 最 多 』

　今 日 、 朝 刊 に 「 宮 島 観 光 Ｖ 字 回 復 鮮 明 」 の み だ し で 記 事 が 掲 載 さ れ た 。

　３ 月 の 観 光 客 数 が 43 万 8901 人 に 上 っ た と の 内 容 だ 。

　２ 月 の 観 光 客 数 も 26 万 9333 人 で 過 去 最 高 。

　２ ヶ 月 連 続 の 過 去 最 高 は 、 観 光 業 に 携 わ る 人 た ち に と っ て 嬉 し い ニ ュ ー ス 。

　厳 島 神 社 の 大 鳥 居 改 修 工 事 が 終 わ っ て 綺 麗 な 姿 が 甦 る 。

　全 国 旅 行 割 の 実 施 や 旅 行 制 限 が 緩 和 さ れ 世 界 か ら イ ン バ ウ ン ド が 押 し 寄 せ る 。

　過 去 最 多 と い う 兆 候 は 肌 で 感 じ て い た 。

　こ れ ま で 宮 島 の 対 岸 に あ る 駐 車 場 は だ い た い 朝 10 時 ま で に 行 け ば 駐 車 で き た 。

　今 は ９ 時 頃 に 行 っ て も 駐 車 で き る か ど う か ・ ・ 。

　普 段 は フ ェ リ ー の 座 席 に 座 れ る の に 混 雑 で 座 る こ と が で き な か っ た り 。

　昼 食 を 食 べ よ う と 行 き つ け の 食 堂 に 行 っ た ら 大 行 列 。

　時 間 を ず ら し て 行 っ て み る と 、 食 材 を 切 ら し て し ま い 結 局 昼 食 を 抜 く 羽 目 に な っ た 。

　表 参 道 商 店 街 に は す さ ま じ い 人 混 み で す れ 違 う の も 一 苦 労 。

　店 頭 で 販 売 す る 焼 き ガ キ や も み じ ま ん じ ゅ う な ど の グ ル メ ス ポ ッ ト も 順 番 待 ち で い っ ぱ い だ 。

　宮 島 に 活 気 が 戻 っ て き た 。

　こ の 調 子 な ら 年 間 最 多 465 万 人 の 記 録 の 更 新 を 期 待 し た い と こ ろ だ 。

74 日 目

令 和 5 年 4 月 12 日 （ 水 ）

『異様な光景』

今日、朝方は激しい雨となった。

しばらく雨が降っていなかったので恵みの雨かも知れない。

その雨も昼前には上がって日が差してきた。

そこに招かれざる客がやってきた。

黄砂だ。

天気予報では今季最高レベル濃度の黄砂らしい。

中国から飛来するらしいが、どういう形で日本に届くのかよく分からない。

宮島の上空も黄砂で黄色い。

見通しが悪く、こういうときには屋内で仕事をするのが得策だ。

あまり見たことがない異様な光景が広がる。

今日の朝刊でもう一つ異様な光景がある。

G7サミットの警戒で全国から警察官が応援に来ているという。

確かに宮島や広島市内には広島県警以外の制服を着た警察官があちらこちらに立つ。

観光地に多くのお客さんが楽しんでいる傍で警察官が警戒する姿。

ほっと安心もする。

でも、ちょっと物騒かも。

日常と非日常が入り混じる。

カオスな光景が宮島を覆う一日となった。

７５日目

令 和 5 年 4 月 13 日 （ 木 ）

『 五 色 の 色 楊 枝 』

　今日、昨日から襲来する黄砂に怯えながら宮島に渡った。

　「みやじまの町家に親しむ会」という公民館クラブの会に参加するためだ。

　会の目的は重要伝統的建造物群保存地区でもある宮島の古い建築物を勉強し、その価値を知って地域に還元する。

　歴史や民俗も学習するし、会員さんから提案や要望もあって、自由な学びがそこにある。

　今日は、ある会員さんから江戸時代のお土産物の話をしたいと提案があった。

　その話が「五色の色楊枝」だ。

　その会員さんによると、五色の色楊枝は江戸時代の書物である「芸藩通志（げいはんつうし）」や「厳島図会（いつくしまずえ）」で紹介されているとのこと。

　もともと小木工業が盛んだった宮島。

　木工職人が五本の爪楊枝に色を付け、お土産物として売り出した。

　旅人にとって軽くて荷物にならず、持ち帰りができることから人気のお土産物となったという。

　今の観光客からすると宮島のお土産物と言えば、宮島杓子（みやじましゃくし）やもみじまんじゅうが真っ先に思いつくだろう。

　こんな感じで会員同士の学びや気づきを得る。

　お土産物の今昔、なかなか面白い。

7 6 日 目

令 和 5 年 4 月 14 日 （ 金 ）

『もみじ饅頭の自販機』

今日、2日連続で宮島に向かった。

宮島歴史民俗資料館に用事があった。

宮島桟橋から資料館まで2km程度の距離がある。

日頃、デスクワークが多い私にとって、運動不足を解消するいい機会だ。

こういうときに観光地を歩くのは退屈にならない。

賑やかだし、いろんな国の人が観光に来ていて、人間ウォッチングも楽しい。

道すがら面白いものを見つけた。

もみじ饅頭の自販機だ。

最近はいろんな自販機がある。

世の中、変れば変るもの。

地元にいる私にとって、もみじ饅頭は店頭で買うのが当たり前。

焼きたてがあったら、温かい饅頭をもらう。

ところが、もみじ饅頭の自販機は冷蔵らしく、冷たいもみじ饅頭を販売している。

1箱2個入りで2〜300円台、チョコレート、レアチーズ、つぶあんなど味のバリエーションも豊富。

せっかくなので、レアチーズを1箱買ってみた。

手に取るとひんやり感がある。

ちょうど歩いて、体が少々熱かったので、冷たい食べ物はありがたい。

レアチーズのもみじ饅頭は美味しかった。

忘れてた、その分また歩かなきゃ。

７７　日　目

令 和 ５ 年 ４ 月 １５ 日 （ 土 ）

『 Ｇ７広島サミットの警備 』

　今日、日本中をショッキングなニュースが駆け巡った。

　演説のため和歌山を訪れていた岸田総理に向けて爆発物が投げ込まれたという。

　私は外出中で、帰りの車でニュースを知った。

　幸い犠牲者を出すことなく、近くの人たちやＳＰがすぐに容疑者を取り押さえた。

　詳しく報道の映像を見ると容疑者を取り押さえた後、大きな爆発音が鳴って白い煙が上がる。

　集まっていた人たちが逃げ惑う。

　中には高齢者や子どももいた。

　本当に無差別なやり方に憤りを感じる。

　昨年、安倍元総理が演説中に襲われ亡くなったニュースは記憶に新しい。

　自作で銃を作るとか、安倍元総理の動向を調べて機会を狙っていたとか。

　そんな恐ろしいことを事前に察知することもなかなかできない。

　演説を聞きに来てくれる人たちを疑いの目で見るわけにもいかないだろうが、こんな事件が続くと警備をする方々も大変だろう。

　翌月にはＧ７広島サミットが開催される。

　世界の首脳はこの事件をどのように見ているのだろう。

　日本のメンツがかかっている。

　どうか平穏無事に終われるように警備を担う皆さんに頑張ってほしい。

7 8 　日 　目

令 和 　5 　年 　4 　月 　16 　日 　（ 日 ）

『 潮 干 狩 り と ア サ リ 』

　今日、妻から買い物を頼まれて、近くのスーパーへ行ってきた。

　スーパーに来るのは久しぶり。

　日曜日の昼前で人が多い。

　人混みが苦手なので、早く目当てのものを買って帰ろう。

　すると海産物のところでふと目が留まる。

　アサリのパックだった。

　最近、アサリを口にしていない。

　ちょうどゴールデンウィークにかけて旬の食材。

　宮島の手つかずの原始林や対岸の大野地域の河川から流れてくる栄養分が混ざり合い、美味しいアサリが育つ。

　味噌汁や酒蒸しなど、好みの食べ方で味わう。

　想像するだけで食欲がわいてくる。

　この時期、宮島の遠浅となった干潟に人が殺到して潮干狩りが行われる。

　もちろん、厳島神社の境内地では採ってはいけないルールを守りながら。

　以前はバケツ一杯に採れたアサリも、現在はあまりの人の多さで稚貝まで採ったり、エイなどの天敵に食べられたりして、なかなか採れないようだ。

　これも最近はやりのSDGsに繋がる。

　豊かな海の恵みを守るためにも採り過ぎにはご注意。

　だけど、やっぱりアサリが食べたい！！

7 9 日 目

令 和 5 年 4 月 1 7 日 （ 月 ）

『桃花祭神能（とうかさいしんのう）』

今日、4月17日はちょうど桃花祭神能が行われる時期だ。

桃花祭神能は、厳島神社で行われる春のお馴染みの年中行事。

正式には、4月16日から18日の3日間かけて演じられる。

神能は戦国時代に中国地方を制覇した毛利元就が京都から観世大夫を招いて演じさせたことが始まりと言われる。

厳島神社への信仰が厚かった毛利元就。

能舞台をはじめ、厳島神社の改修等に多額の資金を援助した。

戦国時代から現代に至るまで、時の権力者たちが厳島神社を庇護し、400年以上がたった今でもその文化は連綿と受け継がれている。

海上の能舞台は厳島神社しかないが、その雰囲気は独特で凛とした空気になる。

演者の足が床を叩くたびに音が鳴る。

しかし、海上に立つ能舞台ゆえに、潮の干満で響き方がその都度違うという特徴を持つ。

本当に不思議な建築物だ。

私は神能を一度しか見たことがないが、自然と背中がピンとなったのを覚えている。

いにしえの文化は人の感覚を研ぎ澄まさせる。

それだけ日本の伝統文化は素晴らしい。

８０ 日 目

令 和 ５ 年 ４ 月 １８ 日 （ 火 ）

『ニコとの思い出』

今日、テレビでとある水族館の紹介があった。

水族館ではお馴染みのペンギンやアシカたちが元気よく泳ぐ。

我先にと飼育員さんからエサをもらう姿。

こういう映像は自然と笑みがこぼれる。

やっぱりかわいい。

私にも水族館での思い出がある。

「ニコ」と名付けられたスナメリだ。

ニコは2004年12月に伊勢湾から宮島水族館にやってきた。

すごく愛嬌のあるスナメリ。

当時、宮島水族館のスナメリの水槽にはいくつかの小窓があった。

私の顔より一回りくらい大きい小窓。

ニコから見ると小窓の外にいる人間が珍しいらしい。

ニコの機嫌がいいとき、そしてあまり観客が多くないときに小窓から水槽を覗くとニコが近寄ってくる。

小窓の目の前で、ニコが360度体をクルクルと回転させる。

近くでニコの顔を見ると、名前のとおりこちらが「ニコニコ顔」になる。

そんなニコは宮島水族館の人気者だった。

2015年3月にニコは天国に行ったのだが、今も多くの人たちの記憶に残るスナメリ。

ニコ、いい思い出をありがとう。

8 1 日 目

令 和 5 年 4 月 1 9 日 （ 水 ）

『不消霊火堂（きえずのれいかどう）』

　今日、朝刊に宮島での持続可能な観光地づくりを目指し「千年先も、いつくしむ。」と銘打ったプロジェクトを地元・廿日市市がスタートさせると掲載された。

　昨日の夕方からのローカル版のニュースでも流れていた気がする。

　宮島の本当の価値を動画でも流すという。

　試しにYouTubeにアップされていた動画を見てみた。

　動画は3分。

　長くないので気軽に視聴できた。

　歴史、自然、信仰、人の営みといったテーマが映像に込められる。

　早速、LINEで友達にも配信した。

　すると、友達の反応が帰ってきた

　「消えずの火が良かった。火の揺らぎが幻想的だった」と。

　かつて弘法大師が修行の際に焚いた火が今も消えずに燃えているという霊火。

　この霊火が有名なのは広島平和記念公園の「平和のともしび」の元火にもなった。

　消えずの火は恋の情熱も消えないということで「霊火堂」は恋人の聖地としてカップルが訪れるスポットでもある。

　弘法大師が活躍されたときから千年以上が経つ。

　消えずの火もこれから千年先まで慈しまれる存在であってほしいものだ。

８２日目

令和５年４月２０日（木）

『地下からのメッセージ』

　今日、同僚と旧石器時代の遺跡から出た出土品の話になった。

　今から1万年前の遺跡から出土した石器が目の前のコンテナに置かれていた。

　詳しい人に聞くと当時のナイフらしい。

　これで本当に切れるの？

　これが本当に当時のナイフ？

　1万年前のこと、あまりに昔のことでイメージが追いつかない。

　歴史の教科書でも深く学んだ記憶がない。

　宮島にも1万年前までではないが、いろんなものが出土する。

　厳島神社の創建が593年。

　今から1400年あまり前だ。

　それから平清盛や毛利元就、豊臣秀吉といった有名な時の権力者が活躍してきた宮島。

　神社周りに神職さんたちが住む屋敷ができ、それから庶民が住む町家が形成され、人々が生活をしてきた。

　今も家の建て替えや上下水道管の取り替えで地下を掘削すると生活の痕跡が出てくる。

　茶碗や徳利、お皿や瓦などバリエーションが豊富だ。

　専門家は出土品を観察して、生活していた時代を特定する。

　当時の人たちはこんな食器や瓦を使ってたんだ。

　地下からのメッセージ、なかなか興味深い。

83　日　目

令 和 5 年 4 月 21 日 （ 金 ）

『 消 防 団 の 猛 者 た ち 』

　今 日 、 仕 事 で 、 南 海 ト ラ フ が 発 生 し た 場 合 の 宮 島 の 防 災 体 制 に つ い て 、 同 僚 た ち と 意 見 交 換 を し た 。

　仮 に 南 海 ト ラ フ が 発 生 す る と 数 時 間 で 宮 島 に ３ ｍ 以 上 の 津 波 が 到 達 す る ら し い 。

　宮 島 は 世 界 的 に も 知 ら れ る 観 光 地 。

　い つ も 多 く の 観 光 客 が 押 し 寄 せ る 。

　島 民 の 人 た ち の 生 命 、 財 産 も 大 事 。

　観 光 客 の 生 命 も 大 事 。

　ど う す れ ば 避 難 す る こ と が で き る の か ？

　悩 ま し い と こ ろ だ 。

　す る と 同 僚 が 言 っ た 。

　「 宮 島 の 消 防 団 は 猛 者 揃 い だ か ら 大 丈 夫 」 と 。

　聞 く と 「 宮 島 消 防 署 で 働 く 消 防 士 も い る し 、 い つ も は 商 売 さ れ て い る 人 た ち も 一 大 事 が 起 こ れ ば 消 防 団 員 と し て 活 動 す る か ら 」 と 。

　消 防 団 員 で あ る 地 域 の 人 た ち は 、 定 期 的 に 訓 練 し 、 火 災 や 地 震 、 避 難 誘 導 に も 抜 か り は な い ら し い 。

　地 域 の 人 だ か ら 、 道 も 住 民 も よ く 知 っ て い る し 、 天 候 や 潮 の 干 満 を 予 測 す る 。

　す で に 消 防 団 の 中 で 南 海 ト ラ フ を 予 想 し 、 観 光 客 や 島 民 を ど こ に 避 難 さ せ る か も 考 え て い る ら し い 。

　普 段 は 商 売 人 、 い ざ と な っ た ら 消 防 団 員 。

　本 当 に マ ル チ な 活 躍 を す る 人 た ち 。

　消 防 団 員 と い う 名 の 猛 者 た ち に 敬 意 を 表 し た い 。

8 4 日 目

令 和 5 年 4 月 2 2 日 （ 土 ）

『 宮 島 の 東 側 』

　今 日 、 朝 一 番 か ら 広 島 市 内 に 用 事 が あ り 、 車 で 広 島 湾 岸 道 路 を 走 っ た 。

　広 島 湾 に 浮 か ぶ 似 島 や 江 田 島 、 そ し て 宮 島 の 東 側 を 望 む 。

　宮 島 の 東 側 に は 杉 之 浦 、包 ヶ 浦 、鷹 ノ 巣 浦 と い っ た「 浦 」 が 付 く 地 が あ る 。

　杉 之 浦 に は 漁 協 が あ り 、 牡 蠣 を 中 心 と し た 水 産 業 が 盛 ん な 地 、 以 前 日 記 で 紹 介 し た 。

　包 ヶ 浦 に は 海 水 浴 場 や キ ャ ン プ 場 が あ り 、 特 に 夏 に は 家 族 連 れ で 賑 わ う 場 所 。

　こ の 地 は 歴 史 書 に も 登 場 す る 。

　戦 国 時 代 真 っ 盛 り の 1 5 5 5 年 。

　陶 晴 賢 （ す え は る か た ） と 毛 利 元 就 が 戦 っ た 「 厳 島 の 戦 い 」 だ 。

　陶 の 大 軍 を 奇 襲 で 破 っ た 際 に 毛 利 勢 が 宮 島 に 最 初 に 上 陸 し た 地 が 包 ヶ 浦 と 伝 わ る 。

　鷹 ノ 巣 浦 に は ハ マ ゴ ウ と い う 植 物 が 一 面 に 自 生 す る 。

　こ の 辺 り は 道 が 狭 く 、 観 光 客 が あ ま り 訪 れ る こ と が な く 、 閑 散 と し て い る 。

　た ま に 、広 島 湾 を 往 来 す る 自 衛 艦 を 見 る こ と が で き る 。

　宮 島 の 東 側 は 厳 島 神 社 や 表 参 道 商 店 街 の 逆 の 方 向 に あ る た め 、 マ イ ナ ー な 地 域 。

　自 然 が 豊 か で ゆ っ く り と 時 が 流 れ る 。

　朝 か ら 広 島 市 内 に 行 く よ り 、 宮 島 の 東 側 で 心 の 洗 濯 を し た い な 。

8 5 日 目

令 和 5 年 4 月 2 3 日 （ 日 ）

『シカ、イノシシ大野瀬戸を渡る！？』

　今日、朝刊に「はつかいち縦断みやじま国際パワートライアスロン大会」の水泳コース試泳の記事が掲載された。

　スイムは対岸側で2.5kmの周回コースを泳ぐ。

　かつて、このトライアスロンのスタートは厳島神社大鳥居前だった。

　宮島から対岸までの距離は最短で700m程度。

　この水域は大野瀬戸と呼び、潮の流れも速く泳ぐのも一苦労。

　それでも前回大会まで多くの選手が泳いで渡った。

　ところが、この水域を渡ったのは人だけじゃない。

　シカ、イノシシも渡るのだ。

　何で対岸まで海を泳いで渡るのか？

　食糧なら弥山原始林に豊富にあるだろうに。

　シカやイノシシの目線では対岸が魅力的に見えるのかも知れない。

　宮島から対岸まで泳ぐのも大冒険だ。

　一生懸命泳いで渡っても、対岸のすぐそばには国道2号線や山陽本線が走る。

　車や列車の往来もあるし、危険もいっぱい。

　トライアスロンのゴールは明確だが、シカとイノシシの大冒険のゴールはどこなんだろう。

　無事に目的地に着いてくれるといいのだが・・。

　いっそのこと、シカとイノシシを大会にエントリーさせたら面白い結果になりそうだ。

86 日 目

令 和 5 年 4 月 24 日 （ 月 ）

『カーブミラーの世界』

　今日、遠方の友人から「ＧＷに宮島に行くけど、車で宮島を回れるか？」と聞かれた。

　私は「宮島は車で回るところじゃないよ。車は対岸の宮島口に駐車して渡っておいで。」と返した。

　宮島は昔ながらの町並みが残る地域。

　宮島は車が走っていない時代からのまちであり、道は狭いし、駐車場がないのが特徴だ。

　直線の道が少なく、カーブや曲がり角には必ずカーブミラーがある。

　今でこそ私は島内で運転できるようになったが、初めて運転したときには、怖くてすぐに代わってもらった思い出がある。

　カーブミラーに注意して運転しないと出会い頭にぶつかりそうになるし、ハンドルを切り損ねると車の側面を家の壁で擦ってしまう。

　島民はそのことをよく知っていて、車を買うときは軽自動車を選ぶ人が多い。

　土日になると県外から来る３ナンバーの大きな車を見かけることがある。

　立ち往生している車はたいてい県外ナンバーが多い。

　カーブミラーを見ずに突っ込んで、狭い道でバックもできなくなる。

　だから友人に宮島は車で回るところじゃないよと返したのだ。

　宮島では車の運転にご用心。

87 日 目

令 和 5 年 4 月 25 日 （ 火 ）

『厳島神領（いつくしましんりょう）』

今日、仕事で広島県西部に位置する廿日市市佐伯・吉和地域を車で走った。

この地域は広島県の旧佐伯郡であり、さらに遡れば安芸国佐西郡（ささいぐん）にあたる。

中山間地域でもあり、車窓からはのどかな田園風景が続く。

田畑や森林が広がり、昔から自然の恵みが豊かだったのだろう。

以前、日記の中で厳島神主家のことを書いた。

鎌倉時代、幕府御家人だった藤原氏が厳島神主家として治めた地域が佐西郡周辺だった。

厳島神主家の知行地は別名「厳島神領」と呼び、家臣団を「神領衆」と呼ぶ。

国人領主の性格を合わせ持つ厳島神主家を経済的にも軍事的にも支えた重要な地域。

宮島から北に位置する吉和地域まで移動しようとするとフェリーと車で約1時間半の距離。

そう考えると広大な地を支配していたことが分かる。

戦国時代、厳島神主家は山口の大内氏に滅ぼされ、厳島神領の呼び名は聞かなくなるが、今も郷土の歴史で語られる。

一見関係のないように見える厳島神社と中山間地域。

歴史的なつながりに思いを馳せ、新緑の中山間地域のドライブを楽しんだ。

８ ８ 日 目

令 和 ５ 年 ４ 月 ２ ６ 日 （ 水 ）

『地御前神社（じごぜんじんじゃ）』

今日、地御前神社の前を車で走った。

地御前神社は厳島神社の外宮（げぐう）に位置付けられる。

対岸の地御前という地に鎮座する。

社殿は千畳閣を小さくしたような造り。

かつて社殿は海のすぐそばにあり、船を横づけし、参拝できたのではないかという説がある。

今は社殿の周辺が埋め立てられ、海までの間に広島電鉄や国道2号線が走る。

現在の景色からは、なかなか昔の風景をイメージできない。

厳島神社の神事である管絃祭では、宮島側の長浜神社と対岸の地御前神社の間を管絃船が航行する。

普段は国道2号線から1本通りを隔てており、比較的人の往来も少なく、静かな地であるが管絃祭の日は多くの人が神事を見るために賑わいを見せる。

また、管絃祭以外にも旧暦5月5日に行われる御陵衣祭（ごりょうえさい）がある。

この祭りでは、流鏑馬（やぶさめ）や舞楽が行われる。

流鏑馬は鎌倉の鶴ヶ岡八幡宮などで開かれるような馬が走りながら、馬上で人が次々と的に向かって矢を放つ情景が浮かぶだろう。

地御前神社の流鏑馬は、周囲がアスファルト道路であることからゆっくり歩きながら的に矢を放つ。

知る人ぞ知る必見の神社だ。

8 9 日 目

令 和 5 年 4 月 2 7 日 （ 木 ）

『表参道商店街の休日！？』

今日、テレビで表参道商店街の賑わいが取り上げられていた。

全国旅行割やインバウンドの来日により、宮島は2月と3月は過去最高の観光客数を記録した。

4月に入っても、その賑わいは衰えない。

テレビの画面からも表参道商店街の活気が伝わってくる。

どこのお店も行列ができ、食べ歩きを楽しむ観光客の姿も見てとれる。

かつて20年以上前に私が宮島で仕事をしていた頃、表参道商店街ではほとんどのお店が「水曜日」を休日にしていた。

昼ごはんを食べる時には数件の行きつけのお店があり、サービスで大盛りにしてくれたり、ちょっと安く食べさせてくれる。

だから、水曜日の昼ごはんはどこで調達しようかといつも悩む。

結局、手軽なコンビニで買って行くのだが。

今は、365日休まず営業する新しいお店や休日を他の店とずらしたりして、必ずしも水曜日に拘らない店が増えた。

おかげで数件の行きつけのお店も休日が重なることなく、昼ごはんを食べることができるようになった。

美味しい昼ごはんをいつもありがとう。

表参道商店街に感謝、感謝！！

９０　日　目

令　和　５　年　４　月　２８　日　（　金　）

『島のお医者さん』

　今日、昼休みの職場で「ドラマ　Dr.コトー診療所」の話題になった。

　とある離島に赴任した一人の医師が島の人たちとのふれあいやトラブルに遭いながらも命に向き合う姿を取り上げた内容だ。

　見ていてホッコリするし、考えさせられるし、ドキドキするし。

　ドラマとしては本当に面白い。

　しかし、実際に宮島にも似通った環境の医療施設がある。

　「宮島クリニック」という。

　宮島島内の医療施設はこの1カ所だけ。

　島民や観光客の命や健康を日々守っている。

　先生は「Ｏ先生」一人で、数人の看護師さんや事務員さんが勤務する。

　日曜日と夜間は閉院していて、主には日中に患者さんを診察する。

　たまに軽自動車にＯ先生と看護師さんが乗って、往診に行く姿を見る。

　島民は現在約1,400人あまり。

　高齢化率は約48％で高齢者が多い島だ。

　実際の医療現場はドラマのような展開ばかりではないのだろうが、Ｏ先生やクリニックの皆さんの存在に安心感がある。

　島の医療を支える皆さんに敬意と感謝を表したい。

9 1 日 目

令 和 5 年 4 月 2 9 日 （ 土 ・ 祝 ）

『　戦　争　遺　跡　』

今日、ニュースで G7 の国のかつてのオリンピック代表選手たちが平和記念公園を訪れたことが報じられた。

内村選手をはじめとする体操選手たちだ。

オリンピックは平和の祭典とも呼ばれる。

G7 広島サミットを契機に世界が平和になってほしいと願う。

かつて日清・日露戦争以来、広島は軍都でもあり、近くの呉は戦艦大和を輩出した軍港でもある。

日本が敗戦を迎えるまで、広島や呉は戦略的にも重要な拠点であったからこそ、逆に米軍の標的とされたのだろう。

宮島には、広島や呉を守るための防衛施設が存在した。

室浜砲台、鷹ノ巣砲台だ。

世界遺産宮島と呼ばれる島に戦争遺跡があることは、多くの観光客は知らない。

「えっ、そんな近代の戦争遺跡があるんですか？」

これが一般的な観光客の反応だ。

室浜、鷹ノ巣砲台跡は森に囲まれた場所にある。

フィールドワークをする人にとっては取り扱いやすいテーマとコースだ。

2つの砲台跡には、砲台の台座や弾薬庫、火薬庫、地下兵舎、排水桝、便所の跡など当時のまま残る。

広島や呉が空襲された際、砲台としての役割を果たした施設だったのだろう。

宮島で戦争遺跡を巡り、平和を考えるのもいい。

９２　日　目

令　和　5　年　4　月　30　日　（　日　）

『 防 災 行 政 無 線 』

今 日 、 宮 島 の 災 害 に 関 す る 書 籍 を 読 ん だ 。

宮 島 は 過 去 に 枕 崎 台 風 （ 1945 年 ） や 台 風 18 号 （ 2004 年 ） な ど で 厳 島 神 社 を は じ め 甚 大 な 被 害 が 発 生 し た こ と が 記 さ れ て い る 。

宮 島 で は 全 世 帯 を 対 象 に 「 防 災 行 政 無 線 」 の 受 信 機 が 設 置 さ れ て い る 。

地 元 の 廿 日 市 市 か ら 発 信 さ れ る 気 象 情 報 や 避 難 場 所 、 荒 天 時 の フ ェ リ ー 運 航 状 況 な ど を 受 信 機 か ら 島 民 に 知 ら せ る た め だ 。

観 光 客 へ の 周 知 に は 屋 外 用 ス ピ ー カ ー が 使 わ れ る 。

気 象 情 報 の う ち 、 台 風 や 大 雨 は 天 気 予 報 に よ り 数 日 前 か ら 島 民 は 備 え が で き 、 フ ェ リ ー の 運 航 も 安 全 を 確 保 で き な い 場 合 は 欠 航 す る 。

日 常 生 活 で は 7 時 、 12 時 、 17 時 に 時 報 が 鳴 り 、 島 民 の 生 活 リ ズ ム を 刻 む 。

特 に 17 時 の 時 報 を 終 業 時 刻 に し て い る 店 舗 も あ る 。

時 報 が 鳴 る と お 店 を 閉 め た り 、 島 外 か ら 働 き に 来 て い る 人 た ち は フ ェ リ ー で 帰 宅 す る た め 、 宮 島 桟 橋 に 向 か う 。

私 も そ の 時 間 帯 に フ ェ リ ー に 乗 る と お 馴 染 み の 顔 ぶ れ と 出 会 っ た り も す る 。

そ の 他 行 政 情 報 や 地 域 の 催 し 、 お 悔 や み な ど も 放 送 さ れ る 。

防 災 行 政 無 線 は 島 民 や 観 光 客 を 守 り 、 生 活 に 必 要 な 情 報 を 提 供 す る 大 切 な イ ン フ ラ だ 。

そ の 責 務 は 重 く 、 今 後 も 役 割 が 期 待 さ れ る 。

９３日目

令和５年５月１日（月）

『尊海渡海日記（そんかいとかいにっき）』

　今日、岸田総理大臣がユン大統領と会うために訪韓するニュースが報じられた。

　首脳が往来することを「シャトル外交」というらしい。

　実に12年ぶり。

　最近、政治では韓国とあまりいい関係じゃないなと思っていた。

　難しいことは分からないけど。

　隣国との関係はいいに越したことはない。

　これを機会に関係改善に繋がることを期待したい。

　韓国には昔「李氏朝鮮」と呼ばれた国があった。

　その国に宮島から海を渡って訪れた僧がいる。

　その名は「尊海」といい、宮島大願寺の僧だ。

　1537〜1539年の出来事で当時の日本は戦国時代。

　山口に本拠を構える大内義隆の援助で「大蔵経（だいぞうきょう）」を持ち帰るために朝鮮に向かった。

　そして持ち帰った高麗の八曲屏風の裏に、尊海が朝鮮の役人などとの交渉記録を詳細に日記として綴っていた。

　これを「尊海渡海日記」という。

　当時の朝鮮の様子がよく分かる重要な歴史資料とされ、国の重要文化財となった。

　現在は東京国立博物館に収蔵されている。

　500年前に一人の僧が綴った日記が重要文化財になる。

　おこがましいが、私の日記も500年経ったら重要文化財として評価されるのか？

　う〜ん、絶対ないな。

９ ４ 日 目

令 和 ５ 年 ５ 月 ２ 日 （ 火 ）

『桃林（もんばやし）』

　今日、ゴールデンウィーク合間の平日だが、とあるテレビカメラが多宝塔やあせび歩道を映していた。

　やっぱり人が多い。

　インバウンドと思われる人も見受けられる。

　宮島が国内有数の観光地であることが分かる。

　あせび歩道は大元神社から大聖院を繋ぐ遊歩道で、以前日記の中でもあせび（馬酔木）が花を咲かせることでも知られるウォーキングコースでもある。

　宮島の初心者はこの道を歩くことはほとんどないが、地元の人や何度か訪れた人がゆっくり散策されるにはちょうどいい距離でもある。

　あせび歩道の谷間に「桃林」という場所がある。

　広島県都市公園の中にある。

　宮島の大西地区にあって、宮島歴史民俗資料館の前の小路を50mほど上る。

　小路を抜けると開けた場所が桃林だ。

　かつて桃林には名前のとおり桃の木がたくさん植えてあったという。

　しかし、いつの頃からか桃の木は桜に植え替えられ、春には桜が咲き誇るスポットになった。

　大西地区の小路は少々狭く、往来するのも苦労するが、それでも桜の季節になると大混雑になる。

　ただ、私はフルーツの中で桃が一番の大好物。

　今も一面に桃の木があったらと残念に思う気持ちもある。

9 5 日 目

令 和 5 年 5 月 3 日 （ 水 ・ 祝 ）

　　　　　　　『モン・サン＝ミシェル』

　今日、ゴールデンウィーク後半の最初の日。

　高速道路は渋滞、新幹線や飛行機は軒並み満席。

　宮島の出入口となる宮島桟橋ターミナルも大混雑。

　そのターミナルの一角にとある世界遺産を紹介するコーナーがある。

　フランスの世界遺産『モン・サン＝ミシェル』だ。

　実は地元・廿日市市とモン・サン＝ミシェル市は平成21年に観光友好都市提携を結んでいる。

　モン・サン＝ミシェルはフランス西海岸のサン・マロ湾に浮かぶ小島にある修道院。

　同じ宗教関連の建築物として、海上に浮かぶ厳島神社の社殿がモン・サン＝ミシェルと一緒に紹介されることも多い。

　その他潮の干満で遠浅ができたり、ラムサール条約登録地だったり、宮島との共通点を垣間見る。

　世界遺産を有する都市としてお互い観光面で協力をしてきた。

　例えば、グルメで言えばモン・サン＝ミシェル市の名物はオムレツ。

　観光友好都市提携10周年記念事業で宮島に来た観光客にオムレツを提供した。

　あわせてモン・サン＝ミシェルのPRコーナーも設け、観光情報を発信したのを覚えている。

　世界遺産が繋ぐ縁。

　これからも大切に継承してほしいものだ。

９ ６ 日 目

令 和 ５ 年 ５ 月 ４ 日 （ 木 ・ 祝 ）

『ＹｏｕＴｕｂｅ』

今日、ＹｏｕＴｕｂｅで宮島旅行の動画を見た。

世の中、ゴールデンウィーク真っ最中。

いくつかの動画を見てみると数時間前にアップされた新しい動画もある。

宮島での食べ歩きや景色、人とのふれあいなどを楽しんだ内容が映像に収められている。

再生回数を見てみると、中には数十万回も視聴された動画もある。

私の世代は旅行時に「るるぶ」や「まっぷる」といった雑誌を本屋で買って、みんなで見ながら楽しんだ。

だが最近の旅行はＹｏｕＴｕｂｅの動画やＳＮＳなどの口コミを参考に行き先を決める人が多いらしい。

以前、ガッキー（俳優の新垣結衣さん）が宮島旅行をアップした。

それを見た人たちがガッキーの訪れた店や座った椅子に殺到する光景も見られた。

その他有名なインフルエンサーが「楽しい」、「美味しかった」、「絶景だった」といったお店やスポットに多くの観光客が訪れる。

ガッキーやインフルエンサーの影響力の凄さもあるが、時代が変わったのだと実感する。

ただ、今日のニュースで「観光地でのマナーやルールが守られていない」と報じられた。

旅行をする人、迎える人がお互い気持ちのいいゴールデンウィークであってほしいものだ。

９７ 日 目

令 和 5 年 5 月 5 日 （ 金 ・ 祝 ）

『 妻 の 疑 問 』

　今日、10時のティータイムで妻からこんな疑問を投げかけられた。

　「何で弥山の頂上にあんな岩がたくさんあるん？」

　我が家はゴールデンウィークと言っても、人の多い場所が苦手で家に籠っていた。

　暇つぶしにインターネットでたまたま見た宮島の風景が気になったらしい。

　標高535mの弥山は頂上に展望休憩所があり、360度のパノラマが人気ですぐそばに巨石群が横たわる。

　知人を案内したときも、妻と同じことを聞かれた。

　確かに頂上に大きな岩が並んで鎮座していれば、疑問に思うだろう。

　ただ、巨石は弥山の頂上だけじゃなく、島のいろんな場所で見ることができ、「くぐり岩」など名前が付けられた岩もある。

　さて、妻の疑問に答える。

　もともと宮島は花崗岩の島だ。

　花崗岩は何万年という長い年月をかけて、雨や風の浸食を受けて形が変わる。

　つまり、巨石群は一つの花崗岩だったものが浸食を受け、岩に亀裂が入ったところにさらに浸食がすすみ、いつの間にかいくつかの巨石になった。

　こんな感じでちょっとだけ妻にいいところを見せられたと思った。

　ところが妻の返事は「ふ〜ん」だけだった・・！！

98 日 目

令 和 5 年 5 月 6 日 （ 土 ）

　　　　　『島津家久（しまづいえひさ）の日記』
　今日、連休Uターンラッシュのニュースがあった。
　ゴールデンウィークも終盤。
　首都圏や関西圏に帰る人で大混雑だ。
　戦国時代、当時都だった京都に入ることを「上洛（じょうらく）」と呼び、全国の大名が目指した。
　今は東京が首都だが、Uターンラッシュの動きは上洛に似ている。
　ふと、ある古文書を思い出す。
　東京大学史料編纂所所蔵の「中務大輔家久公御上京日記」だ。
　薩摩の戦国武将、島津家久が上洛や寺社仏閣へ参拝する日々を綴っている。
　家久は島津氏第15代当主貴久の四男で、兄には義久、義弘、歳久がおり、後に沖田畷の戦いや戸次川の戦いで龍造寺氏や豊臣遠征軍を破るなど武勇に優れた武将だ。
　天文三（1575）年3月、上洛途上で宮島にも立ち寄り、厳島神社に参拝した。
　大鳥居の柱の数や大きさ、その他宮島には墓がなく、亡くなった人が船で対岸に運ばれ、僧侶たちが念仏を唱えている様子も記されている。
　以前、宮島ではお墓が建てられないことを紹介した。
　その根拠は家久の日記やその他の古文書を分析し、裏付けられたものだ。
　遠い薩摩の武将の日記が宮島の様子を物語る。
　古文書の持つ力に「縁」を感じる。

9 9 　日 　目

令 和 5 年 5 月 7 日 （ 日 ）

『 か ら く り 時 計 』

　今日、連休の最終日となった。

　テレビでは宮島が観光客で混雑している様子を映す。

　連休に限らずだが、土日の午後3時以降は帰りの人で宮島桟橋はごった返す。

　帰りのフェリーを待つ観光客は思い出話をする人もいれば、遊び疲れてベンチで寝ている人などいろいろだ。

　そんな時、たまたま毎時0分にどこからともなく音楽が聞こえたら、上を見てほしい。

　2階の壁面に設置された「からくり時計」を。

　約3分程度、舞楽「蘭陵王」の管楽器の音が流れ、二つのからくり人形が舞う。

　向かって左側には舞楽を伝えた平清盛。

　右側には蘭陵王。

　流れる音色に合わせて、からくり人形がくるくる回る。

　1時間に1回のラッキータイム。

　多くの観光客が急いでスマホの録画機能を起動する。

　私も宮島で勤務していた頃、よく見上げたものだ。

　待合所全体が独特の雰囲気に包まれる。

　季節によって、実際に厳島神社で奉奏される舞楽を鑑賞する機会がない時期もある。

　だから、このラッキータイムは観光客にとって本当にラッキーなのだ。

　この幸運に出会えたなら、明日からの仕事もきっと上手くいく。

　さあ、頑張っていこう！！

１０ ０ 日 目

令 和 ５ 年 ５ 月 ８ 日 （ 月 ）

『西松原』

　今日、連休に慣れた身体で何とか仕事をこなした。

　世間は今日からコロナの制限がなくなり、これから本格的に日常へ戻る。

　5月8日はインターネットで調べると「松の日」でもあるらしい。

　松をいつまでも大切に保護する目的で制定された。

　宮島には松がたくさん植えられている。

　海上から厳島神社社殿や大鳥居に向かって右側が西松原、左側には御笠浜がある。

　西松原と御笠浜には石灯籠が並び、松が植えられ、干潮の時に現れる白い砂浜と合わせて、昔から「白砂青松」と称された。

　もともと西松原は厳島神社の裏を流れる御手洗川や白糸川が運んできた土砂が堆積してできた地形だ。

　土石流の被害などを防ぐため、先人たちが治水の一環として川の流れを迂回させた。

　現在は石積みで護岸も整備され、海側にはベンチや自然石が置かれ、腰掛けてゆっくり時間を過ごすこともできる。

　西松原には平清盛を祭神として祀る清盛神社も鎮座しているが、厳島神社への参拝の動線から御笠浜の賑わいと比べると静かなスポットだ。

　これから観光需要の回復が見込まれる。

　多くの人に宮島の自然、歴史、文化、風習といった魅力を知って欲しいものだ。

第2部　コンプライアンス経営＆労働法制
〔「組織マネジメントとコンプライアンス」授業資料の一部（改編）〕

Ⅰ　コンプライアンス経営
1．コンプライアンスの意義等

　「コンプライアンス」という用語は、英語の“Compliance”から来ています。“Compliance”は、〔命令や要求に〕従うこと、〔規則等の〕順守、準拠、従順、整合性などを意味します。このようにコンプライアンスは、もともと「何かに従うこと」であって、これだけでは実質的な意味を持っていません。そのために重要なのはその実質的な中身を正しく認識することなのです。

　まず、コンプライアンスを「法令遵守」とする考え方があります。従うべき対象を「法令」と捉えるわけです。しかし、このように理解すると、「法律を守ることがすべて」、「法律さえ守れば何をやってもよい」、ひいては「法律の隙間を探すことがビジネスだ」という誤った考え方につながります。また、企業が法や規制を守ることはある意味当然であり、あえて企業がコンプライアンスという用語を使ってこれを推進する意味がありません。

　現在、わが国企業に強く求められていることは、法令を守ることだけでなく、顧客や社会からの信頼に応えて誠実に業務を行うことです。言い換えれば、単に法令遵守を越えて、高い水準の企業理念や厳しい倫理規範を役職員が日々実践することなのです。

　このように見てくると、コンプライアンスを法令遵守と狭く捉えるのではなく、「社会からの期待・信頼を踏まえつつ、企業の経営理念や企業倫理を定着させ、実践させる諸活動」と理解する必要があります。

・法令
　国会が制定する法律と行政機関が制定する命令の総称。名称にかかわらず拘束力のあるものすべてを含む

・就業規則や社内規程等
　社内の各規則、規程のほか、業務手順、マニュアルのような社員として守らなければならないものすべてを含む

・企業倫理や社会的規範
　法令には定められていないものの、社会的に求められる倫理規範や道徳規範のこと。企業に求められる倫理観や道徳観は、時代とともに変わっていくこともありますので注意が必要です。

　消費者や一般市民の要請に応えて信頼を獲得するには、法令遵守を基本として、企業および従業員が適切な行動をとるための行動規範、さらに倫理規範へと範囲を広げた取り組みが求められているといえます。

２．コンプライアンスの重要性

　コンプライアンスの取り組みは、リスクマネジメントの観点から始まり、現在では企業の社会的責任と存在意義が問われるテーマになっています。

　企業の存続にかかわる重要課題ですが、取り組みの成果がでれば、企業価値を高めることにつながります。企業戦略の一環として、今後さらに重要性を増していくといえるでしょう。

　では、なぜ「コンプライアンス」という言葉を頻繁に聞くようになったのでしょうか。その重要性を考えてみます。

３．コンプライアンス違反が起きる要因

コンプライアンス違反が起きる要因としては、以下のケースが考えられます。

　・法令の知識が乏しかったために起きた違反

　・確信犯的な違反

　・顧客や取引先からのクレームやトラブル

　・ミスや不注意からの事故

　このようなことを防ぐためにも、コンプライアンスへの正しい知識を全従業員に啓蒙し、違反を防ぐための体制を整えていかなくてはならないのです。

４．コンプライアンス違反事例

　具体的にはどのようなことがコンプライアンス違反となるのでしょうか。

　企業のコンプライアンス違反で多く見られるものとしては、次の４類型が挙げられます。

① 不正経理（粉飾決算や脱税など）

② 製品に関する偽装（出荷をクリアするための検査データ偽装や食品の産地偽装など）

③ 情報管理の不徹底（顧客の個人情報流失など）

④ 不適切な労務管理（社員の労働時間管理を適切に行っていないなど）

　それぞれについての最近の事例を紹介します。

①不正経理

　インターネット関連の会社であったライブドアにおける粉飾決算事件です。

　同社は、2004年9月期連結決算で、実際には3億円の経常赤字であったにもかかわらず、売上高計上が認められない自社株売却益などを売上高に含め、53億円の経常黒字としたことで、2006年1月に社長のほか役員3名が逮捕されたものです。

　粉飾決算の総額で言えば、東芝などと比べるとかなり少額ですが、2007年3月の裁判では、損失額を隠ぺいする過去の事例と異なり、飛躍的に収益を増大させて投資家を欺いた罪は重いとされ、社長は執行猶予が付されることなく実刑を言い渡されました（その後、控訴、上告を経て、2011年4月に判決確定）。この事件を受けて、2007年9月に金融商品取引法

（旧証券取引法）が施行され、有価証券報告書の虚偽報告やインサイダー取引などの罰則が強化されています。

　そもそも、企業コンプライアンスは経営者が主導していくべきものです。経営トップによる不正行為を防ぐことは容易ではありませんが、外部監査体制をより強化するなどの対策は必要です。

②製品に関する偽装

　自動車タイヤなどの大手メーカーである東洋ゴム工業の製品偽装事件です。

　同社は、2007 年 11 月に断熱パネルの性能偽装（必要とされる不燃物質の不使用）が発覚後、2015 年 3 月には建物の揺れを抑える免震ゴムの性能データ改ざんも判明し、会長、社長ほかの経営陣が辞任に追い込まれました。その後も、同年 10 月にも鉄道車両などに用いられる防振ゴムの性能データ改ざん、2017 年 2 月には船舶に用いられるシートリングについて必要な回数の検査を実施せずに出荷するなどの不祥事が続き、2016 年 12 月期連結決算では、600 億円以上の特別損失を計上し、最終損益は 120 億円を超える赤字に転落しました。免震ゴムにいたっては、10 年以上も 1 人の担当者に管理させ、その次の担当者も異変に気付きながら約 1 年も不適合な製品を納入し続けるなど、杜撰な品質管理体制が問題になった事件です。

③情報管理の不徹底

　通信教育の大手であるベネッセコーポレーションの顧客情報流失事件です。

　同社は、2014 年 6 月頃より顧客に他社からダイレクトメールが届くことについて社内調査した結果、最大約 2,000 万を超える顧客情報が漏洩した可能性があることがわかり、警察と経済産業省に報告、翌 7 月にはグループ企業勤務のエンジニアが逮捕されたものです。

　この事件により、責任部署にいた役員 2 人が引責辞任し、会長兼社長も 2016 年 6 月に辞任に追い込まれました。同社では、顧客に対する補償として 200 億円以上を捻出し、図書券や電子マネーなどを送付するなどの対応を行いましたが、大規模な顧客離れにより、経営赤字に転落するなど大きな打撃を受けました。

　同グループ内での個人情報の管理体制は、一般的な企業と比べてもずさんなものではなかったと言われていますが、あらゆるケースを想定した管理体制の見直しを考えさせられた事件です。

④不適切な労務管理

　広告代理店の大手である電通の過労死事件です。

　同社は、1991 年 8 月、1 か月あたり 140 時間を超える残業をしていた社員が自殺したことについて、遺族と裁判で争いましたが、2000 年 3 月の最高裁では、会社に安全配慮義務違反があったとされ、賠償金の支払いを命じられて敗訴しました。また、2015 年 12 月にも

1 か月あたり 100 時間を超える残業をしていた社員が自殺し、そのことについて、2016 年 12 月に労働基準法違反の疑いで書類送検され、2017 年 1 月には社長が辞任、同年 10 月には東京簡易裁判所から有罪判決を言い渡されました。

　1991 年の事件は、過労死の認定基準を緩和させる契機にもなり、企業における労働時間管理の重要性を広く知らしめましたが、2015 年には再び同様の事件を発生させて、企業の体質が問われました。

５．うっかり（知らずに）やってしまいがちな違反事例

　気付かないうちにコンプライアンス違反をしていて、大事件に発展する場合もあります。「知らなかった」では済まない、注意すべき違反事例をみていきましょう。

①　会社の備品を私物化

　会社で支給されている文房具や備品は会社の所有物です。本来、私用に使うべきではありません。コピー機を個人的に使うことも同様です。

②　未公開情報を家族や友人に話す

　業務上知り得た未公開の情報は、たとえ家族であっても漏らしてはいけません。気軽に他人に会社の秘密を話したことがきっかけで会社に損害がでれば、重大な責任を問われる可能性もでてきます。

③　自宅で仕事をしようとデータを持ち出す

　社外秘となっているデータや機密情報などを社外に持ち出すことにも注意が必要です。USB などに保存して持ち出せば、紛失の危険性もでてきます。データが持ち出せないからといって自宅のパソコンにメールを転送することも情報漏洩につながります。

④　会社のパソコンで SNS

　会社のパソコンで、業務に関係のないネットサーフィンをしたり SNS を利用したりするのはリスクをともなう行為です。たとえば、閲覧サイトからウイルスに感染してしまい情報流出が起きたとしたら、重大な損害につながる可能性があります。

⑤　上司に黙ってサービス残業

　繁忙期などに残業があるのは仕方がない側面もありますが、業績を上げたい、間に合わせたい仕事があるなど、上司に内緒で自主的に残業することもお勧めできません。企業には残業に対し賃金を支払う義務があるため、たとえ自主的な労働でも承認を得る必要があると考えましょう。

６．コンプアライアンス経営に必要なこと

　コンプライアンス違反を防ぐためには、専門家のサポートも得ながら、自社の業務に係わる法令を十分に認識したうえで、その他の社会的な範囲も含めて全体の管理を強化していく必要があります。

・**基本方針の策定**
　従業員にコンプライアンスの考えを徹底させるには、行動や考え方の基準を具体的にし、日々の業務に反映できる状態をつくる必要があります。この指針となるのが企業倫理であり、行動規範です。

・**企業倫理**
　企業倫理は、企業理念や企業の使命と言い換えても差し支えないと思います。
　企業活動の基本になる価値観であり、社内外に自社の役割を宣言するものととらえる必要があります。さまざまな場面で判断に迷ったときには、企業倫理に立ち返り、方向のずれがないかを見直すことになります。
　一般的には、社会のなかで自社の果たす役割や存在意義、従業員の幸福の実現などを内容とします。倫理は建前で、実際には守られていない、守るのは無理という状況が起きないように注意します。

・**行動規範**
企業コンプライアンスを推進していくためには、具体的な行動規範の策定が必要です。（名称は行動基準や行動指針などでも構いません。企業によってはそれぞれ別に策定しているところもあります。）
　2013年に東京商工会議所が公開している企業行動規範を参考にすると、CSRなどの考え方も取り入れ、次の大枠が示されています。
　　法令の遵守
　　人権の尊重
　　環境への対応
　　従業員の就業環境整備
　　顧客・消費者からの信頼獲得
　　取引先との相互発展
　　地域との共存
　　出資者・資金提供者の理解と支持
　　政治・行政との健全な関係
　　反社会的勢力への対処

　上記の各ポイントについて、自社の経営理念との整合性や、緊急性、重要性などを考慮したうえで、具体的な取り組み内容を決定していきましょう。
　行動規範を実践していくにあたっては、経営トップが社内にメッセージを発するなど、主導的な姿勢を示すことが重要です。

・**就業規則や各規程の整備**

　法令の遵守を徹底していくにあたっては、労働関係法などで規定されている事項が社内において適切にルール化されていることが必要です。就業規則のほか労働関係法に基づく規程としては次のようなものが挙げられます。

　　就業規則

　　給与規程

　　退職金規程

　　出張旅費規程

　　育児介護休業規程

　　継続雇用に関する規程

　　個人情報保護に関する規程

　　マイナンバー管理規程

　　セクハラ・パワハラ防止規程

　このほか、各業務に関するルールなどもできるだけ明文化して、社員間で認識の違いがないようにする必要があります。

　また、これらの就業規則や各規程については、各社員に配布、あるいはいつでもアクセスできるように共有ネットワーク内に保存するなどによって周知徹底を図り、社内の秩序を保っていくことが重要です。

7．コンプライアンスに対する教育の場の提供

　コンプライアンスを強化するためには、全従業員がコンプライアンスについて正しい知識を身につけ、意識を高めていくことが重要です。そのため、従業員に対してのコンプライアンス教育が有効です。重要性を認識してもらうことで、会社全体の意識改革に繋がります。

Ⅱ　労働法制

1．労働時間

　　経営者と労働者との関係において最も重要なのは労働時間と言われています。

　　長時間労働がまかり通った結果、過労死や疾病等の労働者に不幸な事態が次々と生じたため、労働時間を規制する労働基準法などが制定されました。

①1日8時間・1週40時間（→労働者の健康を守るための大原則）

　　　　1日の労働時間は8時間以下、かつ、1週間の労働時間は40時間以下。

②例外（→例外的制度にはそれぞれ要件があり、労働基準監督署への届け出も必要）

a)「特例事業」→週44時間が限度。常時使用する労働者が10名未満の商業、映画・演劇業、保健衛生業（病院、保育園、老人ホームなど）、接客娯楽業（旅館、飲食店など）。

b)・「変形労働時間制」→1日、1週単位では法定労働時間を超過することもあるが、一定期間を平均すれば週40時間以下であるもの。

　　・「フレックスタイム制」→出退勤時刻について労働者に自己決定させる制度。

　　・「みなし労働時間制」→外回りの営業等、労働者の裁量の多い業務などについて、実際に働いた時間とかかわりなく労働時間を何時間と決めるもの。

c)「36協定（サブロク協定）」

　　労働基準法では、原則として、1日8時間、1週40時間までしか労働者を働かせることはできません。また、1週間に1日は休日としなければなりません。もし使用者がこれに違反すると、「6箇月以下の懲役又は30万円以下の罰金」という刑事罰が用意されているほど、この原則は強いものです。

　　ただし、サブロク協定を締結し、それを労働基準監督署に提出することで，例外的に1日8時間・週40時間を超えて働かせても、また、1週間に1度の休日に労働させても、使用者は刑事罰を受けなくて済むことになります。

　　このサブロク協定は、一般的には「36協定」と書きます。なぜ「36」と呼ぶかというと、労働基準法36条に基づくからです。条文番号をとって、「36協定」と呼んでいるわけです。

　　誰が結ぶのかというと、一方は会社（使用者）です。もう一方は、従業員の過半数を組織する労働組合があればその労働組合、そうした労働組合がない場合は、従業員の中から選ばれた労働者代表が当事者となります。

　　36協定には、次の事項は絶対に書かなければいけません。

　　　　1.　適用される労働者の範囲

　　　　2.　対象期間（最長1年間）

　　　　3.　時間外労働・休日労働をさせる事由

　　　　4.　時間外労働させる時間数・休日労働をさせる日数

　　　　5.　その他厚生労働省令で定める事項

◎残業時間の上限

　「36 協定で時間外労働を『月 200 時間』としてしまえば、合法的に長時間働かせることができるぞ！」となるかというと、それは違います。36 協定で設定できる時間外労働時間は、月 45 時間、年間 360 時間までと法律で定められています。かつては大臣告示という形でしたが、2018 年改正労基法により、法律の定めへと格上げとなりました。

　もっとも、この原則にも例外があります。そもそも 36 協定自体が、1 日 8 時間・週 40 時間という規制の例外なのですが、その例外にさらに例外があることになります。この「例外の例外」は、通常予見することのできない業務量の大幅な増加等に伴い臨時的に労働させる必要がある場合に限り、年 6 回まで設定できます。

　そして、2018 年改正労基法においては、「例外の例外」にも時間の上限が設けられました。

　まず、年間での最大時間は 720 時間とされました。この 720 時間は時間外労働のみで、休日労働が含まれません（休日労働を含めると最大時間は 960 時間となります）。

　次に、単月における最大時間数が、「時間外＋休日労働時間数」で 100 時間未満までとされました。ここでは休日労働時間も含めての最大時間であることに要注意です。そして、2 〜 6 か月の平均で「時間外＋休日労働時間数」が平均 80 時間以内となるようにしなければなりません。

まとめると

　・時間外労働 ……年 720 時間以内
　・時間外労働＋休日労働 ……月 100 時間未満
　・時間外労働＋休日労働 ……2 〜 6 カ月平均 80 時間以内　　　　となります。

２．労働時間と拘束時間

　拘束時間＝労働時間＋休憩時間。

　例えば、午前 9 時から午後 6 時まで労働者を拘束しても、その間に 1 時間の休憩時間がある場合は、労働時間は 8 時間となり、適法です。

３．解雇

（1）解雇の種類等

　解雇には、懲戒解雇、整理解雇、普通解雇の 3 種類があります。

　労働契約法 16 条は「解雇は、客観的に合理的な理由を欠き、社会通念上相当であると認められない場合は、その権利を濫用したものとして、無効とする。」と規定しています。「客観的に合理的な理由」「社会通念上相当」は最終的には裁判所が判断しますが、解雇の対象となった事実が社会通念上、解雇に値するほど重大でなければなりません。

（2）解雇は慎重に行うべし

　出勤成績や勤務態度が良くない労働者を解雇したいと考える経営者もいるでしょうが、いきなり解雇を通告した場合、違法となる可能性が高いです。

　解雇された労働者は、生活の糧となる仕事を失うことを意味しますから、経営者には慎重な対応が求められます。まず労働者に対して注意をし、それでも改めなければ警告を発すること、そして、改めなければ解雇するという最後通告をする。こうした十分に手順を踏んだうえでの対応が必要となります。

① **解雇予告が必要**

　解雇する場合、解雇予告日の30日前までに解雇予告を行う必要があります。即時解雇の場合は、平均賃金の30日以上分の解雇予告手当を支払う必要があります。

② **整理解雇**

　労働者に原因がある場合の普通解雇ではなく、使用者（会社側）に原因（業績不振、部門の縮小や閉鎖）があって余剰人員を整理しなければならない場合が整理解雇です。整理解雇が有効となるためには、以下の4要件（a〜d）が全て満たされなくてはなりません。

(a) **人員整理の必要性**

　人員整理をしなければならないほどに経営状態が悪化しているどうか

　（単なる生産性向上を目指す程度ではダメ）

(b) **整理解雇の回避努力義務**

　合理化に際して会社がとるべき最終手段が整理解雇であり、極力回避しなければなりません。不要資産の処分、役員報酬削減、残業規制、賃金カット等の経費削減、希望退職募集等を実施して整理解雇を避ける努力をしなければなりません。

(c) **人選の合理性**

　整理解雇対象者の人選が、合理的かつ公平でなければなりません。主観的基準ではなく、客観的基準・客観的資料に基づく判断が求められます。

(d) **労使交渉等手続きの妥当性**

　労働者や労働組合に対して会社の決算書類等を開示し、十分に説明して協議を尽くす必要があります。

★**事例で考えてみよう！**

①勤務時間内に私的メールを頻繁に行った（半年で1,700件余）従業員を解雇できますか？

②新型コロナワクチン接種拒否の従業員（職員）を解雇できますか？

　　ex. 某病院でコロナワクチン接種を拒否する医療従事者（看護師等）

　　　　国際線に就航する航空会社でコロナワクチン接種を拒否する客室乗務員

　　　　中学校でコロナワクチン接種を拒否する某クラス担任の教諭

③新型コロナワクチン接種拒否の従業員（職員）を本来業務から外すことは許されますか？

　　ex. 某病院でコロナワクチン接種を拒否する医療従事者（看護師等）

　　　　国際線に就航する航空会社でコロナワクチン接種を拒否する客室乗務員

　　　　中学校でコロナワクチン接種を拒否する某クラス担任の教諭

＜著者紹介＞

田宮　憲明（たみや・のりあき）

社会保険労務士（広島県社会保険労務士会所属）

広島県廿日市市職員

1972 年　広島県生まれ

1995 年　明星大学人文学部経済学科卒業

1995 年　広島県廿日市市役所奉職

　　　　　ひろしま国体、生涯学習、文化財保存保護、自然公園維持管理、地域振興、

　　　　　観光振興、宮島のまちづくりの企画、調整などの関連業務に従事した。

2020 年　社会保険労務士登録（その他登録）

2022 年　県立広島大学大学院経営管理研究科ビジネス・リーダーシップ専攻に入学。

　　　　　現在、同研究科 2 年生、廿日市市教育委員会生涯学習課文化財担当課長。

　　　　　マンション管理士、管理業務主任者、宅地建物取引士の資格を持つ。

　　　　　首都大学軟式野球連盟理事長、全日本大学軟式野球連盟理事を経て、現在は

　　　　　首都大学軟式野球連盟特別顧問。大学軟式野球の普及、振興に尽力している。

著　　書　『MBA 流　企業法務』（共著）ふくろう出版（2022 年）

安達　巧（あだち・たくみ）

1966 年生まれ。

県立広島大学大学院経営管理研究科（ビジネススクール）教授。

博士（経済学）、修士（法学）。

主要著書

『ディスクロージャーとアカウンタビリティー−監査人としての公認会計士の責任−』（単著）

　創成社（2002 年）

『企業倫理とコーポレートガバナンス−監査人としての公認会計士の責任−』（単著）創成社

（2002 年）

『コーポレートガバナンスと監査と裁判所』（単著）ふくろう出版（2014 年）（日本図書館

　協会選定図書）

『コンプライアンス−ハラスメント事例研究−』（共著）ふくろう出版（2018 年）

『MBA 流　企業法務』（共著）ふくろう出版（2022 年）

　その他著書・論文多数

宮島だいすき！
MBA 社労士のつれづれ日記

2023 年 6 月 20 日　初版発行

著　　者　　田宮　憲明・安達　巧

発　　行　　ふくろう出版
　　　　　　〒700-0035　岡山市北区高柳西町 1-23
　　　　　　　　　　　　友野印刷ビル
　　　　　　TEL：086-255-2181
　　　　　　FAX：086-255-6324
　　　　　　http://www.296.jp
　　　　　　e-mail：info@296.jp
　　　　　　振替　01310-8-95147

印刷・製本　　友野印刷株式会社
ISBN978-4-86186-886-3 C3095
©TAMIYA Noriaki, ADACHI Takumi 2023

定価はカバーに表示してあります。乱丁・落丁はお取り替えいたします。